大岡信『折々のうた』選 短歌(一)

水原紫苑 編
Shion Mizuhara

岩波新書
1813

目　次

春のうた

鳥籠をしづ枝にかけて永き日を桃の花かずかぞへてぞ見る

山川登美子

山川登美子は鳳晶子とともに、与謝野鉄幹主宰の「明星」の花形歌人だった。鉄幹への慕情を抱きながらも晶子に恋を譲った悲恋の人というので有名になったが、その三十年の生涯はたしかに薄幸だった。しかし残した歌は、晶子の歌とはまた別の魅力を有する。右の歌は「明星」二号に出たもの。「しづ枝」は下枝。艶麗だが、ふしぎにも三句目以下に倦怠の翳があって、孤愁に耐えているような寂しさも漂う。

山里の春の夕ぐれ来て見ればいりあひのかねに花ぞ散りける

能因法師

『新古今集』春下。「都をば霞とともに立ちしかど秋風ぞ吹く白河の関」の歌で有名な平安中期の歌人。当時の歌人の中では、いい意味で押しの強い印象鮮明な歌を作った人である。入相の鐘(日暮れに寺でつく鐘)の音が山里の夕暮れの空を渡るとき、それに響き合うように、はらり はらり桜が散っている情景。言葉の、少しねばるようなゆったりした運びのうちに、春のそこはかとない憂愁が漂う。

春風の花を散らすと見る夢はさめても胸のさわぐなりけり

西行法師

家集『山家集』所収。西行は桜の歌人、吉野山の歌人としてとくに有名だが、右は「夢の中の落花」という題を出されて作ったいわゆる題詠。しかし桜の、ぞっとするほどの美しさが、そのはげしい落花時のすがたにあることを、これほど身にひきつけて魅力的にうたった歌も少ないだろう。西行の歌には、武家出身のせいもあろうか、当時の他の貴族歌人にはないはげしさと、思うところを言い切るいさぎよさがある。

春の夜の夢の浮橋とだえして嶺にわかるる横雲の空

藤原定家

『新古今集』春上。定家は中世和歌の第一人者。歌論も抜群だった。春夜の夢のはかなさを浮橋といったのだが、ヒントは『源氏物語』の終巻「夢の浮橋」から来ている。春夜の夢がふととぎれた。その時、山の峰では、横雲がつと峰に別れて漂い出そうとしている。文字づらの意味はそれだけだが、夢の浮橋とか峰に別れてゆく横雲とかは、物語の男女の世界を連想させずにはおかない。作者の意図もそこにあろう。歌に物語の富を奪還せんとしたのである。

暮れて行く春のみなとは知らねども霞に落つる宇治のしば舟

寂蓮法師

『新古今集』春下。『古今集』紀貫之の歌「年ごとにもみぢば流す竜田川みなとや秋のとまりなるらむ」を踏む。「みなと」は川が行きつく河口。逝く春がどこのみなとに行きついて停泊するのかは知らない。だが、柴を積んだ宇治川の小舟は、急流を霞の中へ落ちてゆく。貫之の歌にある秋の名物、すなわち竜田川の紅葉に対し、こちらは宇治川のひなびた柴舟を晩春秀逸の景として対抗させた。霞に「落つる」は急流の感じを捉えてみごとである。

花びらをひろげ疲れしおとろへに牡丹重たく萼をはなるゝ

木下利玄

第一歌集『銀』(大三)所収。利玄は「白樺」派の歌人で、結核のため三十九歳で死去。右は二十代半ばの作で、牡丹のぼってりした感触をよくとらえている。この落花の描写は、いわばスローモーション撮影の方法と言えるだろうが、当時「白樺」同人が美術に強い関心を寄せていたことも、こういう描写法に影響を与えたかもしれない。晩年、「牡丹花は咲き定まりて静かなり花の占めたる位置のたしかさ」の有名な作がある。

佐保神(さほがみ)の別れかなしも来ん春にふたゝび逢(あ)はんわれならなくに

正岡子規(まさおかしき)

『竹の里歌(たけのさとうた)』(明三七)所収。明治三十四年五月初旬の作で子規晩年の絶唱のひとつ。彼は六年前から結核、カリエスのため病床にあって文筆活動に没頭していた。「佐保神」は佐保姫、春の女神。「佐保神の別れ」は春との別れ。「われならなくに」は私ではないことであるものを。病状悪化激しく、来年の春の女神には再会できまいというしみじみとした思いを歌う。子規は春が好きだった。翌三十五年春は生きながらえたが、九月十九日死去。

山ふかみ春とも知らぬ松の戸にたえだえかかる雪の玉水(たまみづ)

式子内親王(しきしないしんのう)

『新古今集』巻一春歌上。春立つころの山家。山が深いので春が到来したとはまだ思えないほどだが、それでも、松の枝や板で作った粗末な戸の上には、とぎれとぎれに、日にとけた雪のしずくが落ちかかっている。松の緑に配するに、きらきら光る雪どけのしずくをもってしたところに、『新古今集』好みの絵画美がある。作者は山家のものさびしさを「玉水」の艶やかさによって包み、春の味わいをいわば複雑にした。

雪のうちに春は来にけり鶯(うぐひす)の氷れる涙いまや解くらむ

二条(にじょう)のきさき

『古今集』巻一春歌上。うぐいすは冬の間谷間にこもり、春がくるとまっさきにそれを告げる春告鳥(はるつげどり)とされていた。雪にとざされてはいるが、もう春。そのよろこびを、うぐいすの氷っていた涙も今や解けようと言いとめた印象的な着想が非凡で、後世にも影響を与えた。作者は晩年男性関係のスキャンダルで后位を剝奪される事件をおこし、不遇をかこった。この歌にその嘆きの投影を見る見方もある。ありうることかもしれない。

梅の花にほひをうつす袖(そで)の上(うへ)に軒(のき)もる月の影ぞあらそふ

藤原定家

『新古今集』春歌上。芳香を発する梅が、まるで香をたきしめるようにわが袖に香りを移している。折しもその上に、軒の隙間から漏れる月光が落ち、芳香と光がそこで相争っている。「うつす」は「移す」であり、また「映す」だろう。王朝の歌で袖の上の月光といえば、懐旧の、また恋の涙が袖にたまって、そこに月を宿すという含みがあった。この歌もそういう春夜の物語風の情緒を歌ったのだ。

ならさか の いし の ほとけ の おとがひ に
こさめ ながるる はる は き に けり

会津八一

『南京新唱』(大一三)所収。奈良市の北、般若寺を経て木津へ出る坂が奈良坂。その上り口の右の路傍に、「夕日地蔵」と土地でよぶ石仏が立っている。春の日、石仏の下あご(「おとがひ」)に小雨がしとしと降りかかる。八一は北の京都に対して奈良を南京とよび、『南京新唱』をはじめとして、この地を讃嘆する多くの歌を詠んだが、路傍の石仏を詠んだこういう歌にも古都の懐かしさがしみじみ流れている。

うらうらに照れる春日に雲雀あがり情悲しも独りしおもへば

大伴家持

『万葉集』巻十九巻尾。天平勝宝五年(七五三)二月二十五日作。今の四月はじめごろ。春日遅々として小鳥がしきりに鳴く。哀傷が心中にあふれる。それをはらうには歌によるほかない、という意味の注記が歌の後にある。家持は当時三十代半ばかと思われる。二年前、在任五年間の越中守から少納言に任ぜられ、奈良に帰京した。壮年の天平貴族の春愁が何によるものか分からぬが、その感傷は現代人にも通い、代表作として愛誦される。

さゞなみや志賀(しが)の都はあれにしをむかしながらの山ざくらかな

薩摩守平忠度(さつまのかみたいらのただのり)

『千載集』巻一春上に読人しらずとして出る。『平家物語』「忠度都落」の段に、敗走する平家一門の公達(きんだち)忠度がいったん都に引返し、旧友の大歌人藤原俊成に歌稿を託して去った話がある。俊成は後に『千載集』を勅命で編む際、朝敵となった忠度のこの歌を、反対を押しきり読人しらずとして入集させた。天智帝当時の近江の都は今は荒れはてたが、そこの長等(ながら)山の山桜は、ああ昔ながらに無心に咲いている。平家の悲運に対する挽歌のようにもひびく歌である。

憂き身にてきくも惜しきは鶯(うぐひす)の霞(かすみ)にむせぶあけぼのの声

西行法師

『山家集』春。あけぼのの鶯の妙音を俗塵に思い屈した身できくのは、何と惜しいことだろう、というのである。歌の造りとしては、鶯の声に寄せてわが憂き心を嘆くという形のものだが、もちろん、さまざまの物思いゆえに鳥の声がひときわ胸にしみるのである。歌の姿も美しい。第四句は、西行の歌友藤原俊成にも「朝戸あけて伏見の里にながむれば霞にむせぶ宇治の河波」のような例があって、当時愛された表現。今でも面白く感じられる。

桜咲く遠山鳥のしだり尾のながながし日もあかぬ色かな

後鳥羽上皇

『新古今集』春下。歌壇の巨匠藤原俊成の九十歳の賀宴が宮中で催された折、主催者である院の、山に桜を描いた屛風絵を見ての作。「遠山鳥」は「遠山」と「山鳥」の掛け詞。遠山の山鳥のしだれて長い尾、そのように長いこの春の日の、咲きにおう桜の色の、何という飽かぬ麗わしさよと。遠山桜を、一世の巨匠俊成の面影としてたたえる。柿本人麻呂作とされていた有名なしだり尾の歌をも踏むことによって、俊成を歌聖人麻呂と並べる。晴れやかな賀歌。

桜ばないのち一ぱい咲くからに生命をかけてわが眺めたり

岡本かの子

『浴身』(大一四)所収。『老妓抄』『生々流転』の作家は、与謝野晶子に師事した歌人でもあった。みずからを評して、短歌・仏教・小説の三つのこぶをもつラクダだといった。昭和十四年四十九歳の盛りの命で没する。これは百三十八首の連作「桜」の冒頭一首。満開の桜はまさに「いのち一ぱい」咲いている。かの子も文字通り命いっぱい生きた。花に見入る人は、花に魅入られているのだ。その合体のときめき。

さくら花ちりぬる風のなごりには水なきそらに波ぞ立ちける

紀貫之

『古今集』春下。平安前期歌人中最大の存在で、『土佐日記』作者としても有名。ナゴリは本来「余波」の意で、波がすぎた後になお残る余波のこと。桜が風に吹かれて散る。その風が尾を引く余波となって漂う波打ちぎわに、思いがけずも白波が立ったではないか、空には水などないのに。ひらひらと上下しながら散る白い花びらを波に見立てているのだが、そのような技法をやわらかに包んで、何よりもまず音と影像の優美華麗に王朝の歌の特色を示す。

またや見ん交野の御野の桜狩り花の雪散る春の曙

藤原俊成

『新古今集』春下。歌友西行と共に平安末期を代表する大歌人。交野は淀川左岸、今の枚方市一帯の野で、当時皇室領の遊猟地。桜の名所として知られた。そこでの観桜の行事の、またとない晴れやかさをたたえる歌だが、「またや見ん」(再び見る日があろうか)と単刀直入に問う形で、花が雪と散る春の曙、その艶の極みを浮かびあがらせる。初句、三句で二度休止する間に影像を折りかさね、陶酔感をかもしだす技法の洗練。作者の年齢は、この時八十二。

みづうみの氷は解けてなほ寒し三日月の影波にうつろふ

島木赤彦

『太虚集』(大一三)所収。「諏訪湖畔」と小題にある。現在も同じ場所にあるが、赤彦の家は信州の諏訪湖を斜め前方に見おろせる位置にあった。彼は湖水を愛して数々の秀歌をのこしたが、中でも一、二を争うのがこの歌だろう。張りつめていた氷は少しずつ解けはじめたが、寒さはなお厳しい。空にかかった三日月が、糸のように繊細な姿を湖の波に映してたゆたっている。光ともいえぬ光を発して静まる、その幽遠の影。

巨勢山のつらつら椿つらつらに見つつ偲はな巨勢の春野を

坂門人足

『万葉集』巻一雑歌。大宝元年(七〇一)秋、持統太上天皇は紀伊の牟婁の湯に行幸した。藤原京を出て南へ向かうとまもなく、せまい峡谷沿いの巨勢路に出る。そのあたりで、浮き浮きする旅の気分そのままに供の一人が詠んだ歌。「つらつら椿」は原文「列々椿」で数多く立ち並ぶ椿。てらてら光る意とする説もある。「つらつらに」はよくよく。秋の巨勢路に立って、その地の春の椿のみごとさを想像しているのだ。広く愛誦された歌である。

冬の夢のおどろきはつる曙に春のうつつのまづ見ゆるかな

藤原良経

『秋篠月清集』所収。後京極摂政太政大臣。藤原俊成・定家父子に歌を学び、彼らの歌風の心強い後援者だった。三十八歳で急逝。高雅清麗の歌風では『新古今集』随一といっていい作者である。オドロクははっと目を覚ますことをいう。「冬」と「春」、「夢」と「うつつ(現)」を対比しながら、冬が果て春が到来した喜びを、冬の夢がふと覚めて、春の現実がまずは春のあけぼののそのものの姿をしてやってきたと、巧みな歌い口で優艶に歌った。

東風吹かばにほひおこせよ梅の花あるじなしとて春を忘るな

菅原道真

『拾遺集』巻十六雑春。藤原時平に謀られて道真が失脚し、九州大宰府に流された話はあまりに有名だが、彼が梅を熱愛したこともよく知られている。『大鏡』時平伝に語られる道真悲話とともにおなじみになっている歌。「おこす」は「遣す」で、送ってよこす。春の東風が吹いたら、忘れずに咲いてお前の芳香と都の便りを遥か西まで送ってくれ、と梅によびかける。太宰府天満宮名物の「飛び梅」伝説も、この歌から生まれたもの。

春の雲かたよりゆきし昼つかたとほき真菰(まこも)に雁(がん)しづまりぬ

斎藤茂吉(さいとうもきち)

『白桃』(昭一七)所収。昭和八、九年の作を集めた茂吉第十歌集。一時期、茂吉としては平淡な歌風が続いた後、新たな高まりを示すにいたった中期の歌集である。まだ北へ帰らずに残る雁を千葉県柴崎沼に探訪した「残雁行」の一首。景・情ともに備わった名品の絵を見るような、的確で静けさにみちた秀歌である。当時茂吉は身辺の実生活ではあまり愉快でない事が続いた。歌に深沈たる気分が流れているのは、そのためもあるかもしれない。

むすぶ手のしづくににごる山の井のあかでも人に別れぬるかな

紀貫之

『古今集』巻八。右(『第五折々』一九頁)の歌同様、これまた手で水を汲む動作が人の心の動きを暗示する歌。貫之は志賀寺参詣の山越えの道でかねて親しかった女性と出会うが、立ち話だけで別れてしまった。そこでこの歌を贈った、ということになっている。山道の岩間に湧く水の溜まり場は浅い。水を手ですくうとすぐ濁り、飽きるほどは飲めない。それと同様、あなたとゆっくり逢えなかったのが何とも心残りでと。この歌をもらった相手も、悪い気はしなかったろう。

わが屋戸(やど)のいささ群竹(むらたけ)吹く風の音のかそけきこの夕かも

大伴家持

『万葉集』巻十九。「春の野に霞たなびきうら悲しこの夕影に鶯鳴くも」「うらうらに照れる春日に雲雀あがり情悲しも独りしおもへば」とともに、家持の代表作として愛される。しかし実はこの三首、千年余りも無視されていたのだった。大正初年に至ってこれらの歌の「かそけさ」の滋味、憂愁が窪田空穂(くぼたうつぼ)によって注目され、評価がうなぎ上りに高まったのである。句や歌の評価も時世を反映して変わる一例。

花鳥(はなとり)の情(なさけ)は上(うへ)のすさびにて心の中の春ぞものうき

伏見院(ふしみいん)

『風雅集』巻十五雑上。「花鳥風月」とよくいう。天地自然の最も好ましい美観、またそれに接して心に生じる懐かしい思いを指すといってよかろうが、この歌は花鳥への愛も、うわべだけのかりそめの慰めにすぎぬ。「心の中の春」の物憂さこそ、自分にとっての最も春らしい春の実体なのだ、と詠んでいる。作者が当代有数の歌人天皇だった所に、中世の精神世界の一面がうかがわれる。花鳥に浮かれる心もまた、真実なのだが。

かはづ鳴く甘奈備川(かむなびがは)に影見えて今か咲くらむ山吹(やまぶき)の花

厚見王(あつみのおおきみ)

『万葉集』巻八。梅に鶯、竹に雀、薄(すすき)に鶉(うずら)、蘆に雁といった花鳥の組み合わせは、平安朝以来日本人の美学の構成要素の一つで、詩歌にも美術工芸にも盛んに使われ、ついに紋切り型にまでなった。カワズと山吹もその一つで、この組み合わせの元をたどると、万葉のこの歌が源流らしく思われる。このカワズは声のいいカジカを指す。カンナビ川は飛鳥川だとも竜田川だともいわれる。古代人の澄んだ目と季感がとらえた晩春初夏の愛すべき風物詩。

山ねむる山のふもとに海ねむるかなしき春の国を旅ゆく

若山牧水(わかやまぼくすい)

『別離』(明四三)所収。この牧水初期歌集に「女ありき、われと共に安房の渚に渡りぬ、われその傍らにありて夜も昼も断えず歌ふ、明治四十年早春」との詞書(ことばがき)と共に七十六首の海と恋の歌が並んでいる。その中の一首。この恋愛は牧水に多大の苦悩とともに珠玉の青春哀傷歌をもたらして終わるが、恋の始まりの季節に歌われたこれらの歌は、傷つきやすい夢と不安を包んで、今なお愛誦されつづけている。

あをによし寧楽(なら)の京師(みやこ)は咲く花の薫(にほ)ふがごとく今盛りなり

小野老(おののおゆ)

16

『万葉集』巻三。天平文化の讃歌として有名な歌。「花」はここでは都の文化の比喩として使われているだけだが、いかにも華やかだ。ただし歌の作られたのは奈良時代だから、ここでいわれている「花」は、桜よりも梅その他、色も香も鮮やかな花をさしているのだろう。作者は大宰少弐(だざいのしょうに)で大伴旅人が長官をしていた時代の大宰府次官だった。この歌も万葉掲載の位置からみると、大宰府関係者の一群の歌の頭にあり、北九州からの望郷の歌かもしれぬ。

花さそふ比良(ひら)の山風吹きにけり漕ぎゆく舟の跡見ゆるまで

宮内卿(くないきょう)

『新古今集』巻二春下。比良は琵琶湖西岸を南北に走っている山地で、一帯は史蹟に富み、桜の名所でもある。その桜花が風に誘われて湖面に散り敷く光景をたたえた歌だが、花を分ける舟の航跡まで見えるほど、というのはもちろん詩的誇張である。実景よりはむしろありうべき理想の景を追求したからで、元来古典の様式美はすべてそこから生じていた。近代の尺度で判断し批判するだけでは足らないゆえんである。

幾里の花鳥の音もかすむ日の光のうちにこもる春かな

正徹

『草根集』所収。藤原定家を尊崇した正徹は、余韻をたたえた歌で室町時代の最も深味ある作者となった。おぼろに霞む春の日の、いかにも春らしい様を詠んでいるが、事物の印象が音楽的な重なり合いのうちに互いに溶け合う所は繊美をきわめる。「花鳥」は花と鳥に分けても読めるし、花鳥と一語にも読める。「かすむ」は音と日の双方にかかるし、「こもる」も音と春の双方にかかるだろう。この方法は、外界描写を同時にきわめて内面的な描写におし進める。

藤の花今をさかりと咲きつれど船いそがれて見返りもせず

坂本龍馬

『坂本龍馬全集』(昭五三)所収。三十そこそこで暗殺された龍馬には、もちろん詩文の作は多くはない。だが今わずかに残る二十首前後の和歌には、『古今集』を愛誦した形跡を示す優美な作がいくつもある。祖母・父母・兄姉みな歌をたしなむ家の伝統が、この風雲児の中に深く生きていたのである。「淀川を遡りて」という歌、いつの作とも分からないが、彼の悲運を知って読めば、夭折した革命家の自画像のようにも見える。

寂しさに海を覗けばあはれあはれ章魚逃げてゆく真昼の光

北原白秋

『雲母集』(大四)所収。白秋は大正二年四月から約一年、東京を去って神奈川県三浦三崎に転住した。隣家の人妻の境遇に同情した結果芽ばえた苦しい試練の恋の後、彼女と結婚して心機一転をはかったのである。「一種の無謀とも見られる跳躍は、私に力と熱との芸術を熱望せしめた」。彼は生まれてはじめてのように海光を浴び、魚類をみつめ、城ヶ島や油壺を歌い、わが命を洗う歓喜を知った。

瓶にさす藤の花ぶさみじかければたゝみの上にとゞかざりけり

正岡子規

『竹乃里歌』(昭三一)所収。病床の子規は夕食の後、机の上に置かれて咲き誇っている藤の花を見上げていた。盛んに水をあげる花を「艶にもうつくしきかな」と嘆賞して十首の歌を作った。中でも有名な一首がこれ。「みじかければ」を理屈で解してしまうと、歌にこもる作者の思いが分からない。子規はこの時、畳にわずかに届かない藤の花房そのものに、限りない親しみと新鮮さを感じてほめているのである。

春日野(かすがの)の飛ぶ火の野守(のもりい)出でて見よ今幾日(いくか)ありて若菜摘みてむ

よみ人しらず

『古今集』巻一春上。迎春の喜びを若菜摘みに託してうたう。「春日野の飛火野の番人よ、野に出て見てくれ、あと何日したら若菜を摘めるだろうか」。「飛ぶ火」は烽火(のろし)のことで、各地に設けられ、大事を都へ急報するのに使われた。奈良の春日野には和銅五年正月に設置され、以来そこを「飛火野」と通称することになった。若菜を摘むのは正月七日の七草がゆのためだが、今日の太陽暦だとおよそ二月半ばころ。

難波津(なにはづ)に咲くやこの花冬ごもりいまは春べと咲くやこの花

よみ人しらず

『古今集』仮名序。上記の有名な序文に、和歌の歌体を漢詩に準じて六様に分けて論じた所がある。そこで「そへ歌」(譬喩(ひゆ)歌)の例として真っ先に出てくるのがこれ。難波津の梅が春の到来をつげて咲き誇っていると歌っているが、これが実は仁徳天皇の即位を祝い、それを梅花にたとえて歌った賀歌だというのだ。元来民謡風の明るくめでたい歌なので、それにふさわしい伝承が生じたのだろう。そのためもあって古来人気の高い早春の歌。

紅白の梅の匂(にほ)ひを嗅(か)ぎ分けていひ知れぬ今日の喜びにをり

坂田泡光(さかたほうこう)

『盲杖』(昭六二)所収。十代半ばでハンセン病を発病、半世紀以上を療養所で過ごしてきたキリスト者。病のため両眼の摘出手術を受けた。この歌と共に次のような歌も歌集にある。「嗅覚のもどり来りし喜びにいま満開の梅林に来つ」「匂ひ判らぬ世界に又も戻りたり雪柳の花盛りといふに」。嗅覚や触覚などの麻痺に苦しむ人には、紅梅・白梅の香の違いを知る事も「いひ知れぬ今日の喜び」となる。

春の夜は軒端(のきば)の梅をもる月の光も薫(かを)る心地(ここち)こそすれ

藤原俊成

『千載集』巻一春上。平安朝末期を代表する歌と歌学の第一人者がこの人。後鳥羽院は後年「やさしく艶に心も深くあはれなるところもありき」と『後鳥羽院御口伝(ごくでん)』で評し、院の立場で最も好ましく思う詠風だったと書いた。この梅の歌の「光も薫る」というあたり、庭前の月光という現象が心の幽遠な世界の消息とも響き合い、俊成の歌風をよく示している。モルが「洩る」と同時に「守る」である点も見逃せまい。

よし野山さくらが枝に雪散りて花おそげなる年にもあるかな

西行

『新古今集』巻一春上。西行の歌は『新古今集』入集最多(九四首)を誇る。同集の編集の中心だった後鳥羽院の回想記『御口伝』は、「生得の歌人」であり、「おぼろげの人(いい加減の者が)、まねびなどすべき歌にあらず、不可説の(とても言葉で説明できない)上手なり」と賞讃した。西行の歌は平易な言葉の中に深い情感・気分のこもったもので「不可説の上手」との評もそれに関わってくる。この歌の下句の詠嘆など、人を思わず引きこむ力がある。

山池のみぎはに蟇(がま)のあつまりて春をゆたかに卵産みをり

出口王仁三郎(でぐちおにさぶろう)

『出口王仁三郎著作集』(昭四七)所収。出口なおを開祖とする大本教の教義を体系化し教団を発展させた人。戦前・戦中二回の弾圧、不敬罪と治安維持法違反による投獄にも屈せず、反権力と戦争反対を説き続けた。生涯に十万首近いとされる驚異的な数の歌を詠んだ。造形芸術にも多才なところを見せたが、芸術的感性に恵まれていた事は、この歌のいかにも豊饒な感じのする「春をゆたかに卵産みをり」の大らかさを見てもわかる。

22

たれこめて春のゆくへもしらぬまにまちし桜もうつろひにけり

藤原因香（ふじわらのよるか）

『古今集』巻二春下。作者は平安前期の女官。病気で引きこもっている間に花瓶にさした桜も散りかけてきたのを見て詠んだと詞書にある。「垂れ籠めて」は、すだれや几帳をおろして引きこもっているさまをいっているが、この歌ではむしろその表現にこもる心理的な陰影の方に重点があろう。溜め息にも似た余情を感じさせる所が優れていて、兼好の徒然草（一三七段）もこれを引きながら「なほあはれに情ふかし」とたたえた。

春ごとに花のさかりはありなめどあひ見むことはいのちなりけり

よみ人しらず

『古今集』巻二春下。春ごとに桜の花盛りはあるだろうが、花の盛りをまのあたりにしうるかどうか、それはわが命あってのこと、「命なりけり」の思いが深い。そういう意味だろう。だがそう解説してしまうとこぼれ落ちるものがある。「あひ見むことはいのちなりけり」という下句の、一見舌足らずな表現にこもる切迫した命への愛惜の情がそれ。表現は過不足なければいいというものでもない。

とぶ鳥もけもののごとく草潜りはしるときあり春のをはりは

前川佐美雄（まえかわさみお）

『積日』(昭二二)所収。この鳥はどれ位の大きさだろうか。雀のような小鳥ではなく、キジのように多少とも大柄な鳥が、歌のもつ勢いにはふさわしい。春は鳥にとって特に多事多端な季節。営巣し、新しい生命を育てるため、空飛ぶ鳥も地を走る。山も林も公園も、百千鳥のさえずりに湧き返る。この歌はそういう生命の営みを力強くとらえている。「けもののごとく草潜り」が生動しているからである。

何（なに）となく心ぞとまる山の端（は）にことし見そむる三日月の影

藤原定家

『風雅集』巻一春。「何となく」という歌い出しは、気分より事実を重んじる現代短歌では使いにくい。しかし鎌倉初期のこの歌は、一見あいまいな言い方も、その使い方によって抜き差しならぬ一語になる好例。定家の先輩西行も、「何となくものがなしくぞ見え渡る鳥羽田の面の秋の夕ぐれ」などとこの語を愛用した。鎌倉も後期の『風雅集』時代の歌人たちになるともっと頻繁に使われる。時代が再発見する言葉の面白さがそこに鮮やかに見られる。

動乱の春のさかりに見し花ほどすさまじきものは無かりしごとし

斎藤　史

『魚歌』(昭一五)所収。「動乱」の一語に作者の筆舌に尽くし難い体験がひそむ。昭和十一年二月二十六日、作者の幼な馴染みで深く心の通う人だった青年将校も加わった軍の決起が、大雪の首都を揺るがした。作者の父、退役少将斎藤瀏も連座したこの二・二六事件で、かの人は処刑され、作者の境遇も、またその歌も根底から変わった。事件の一ヵ月後には桜が咲いた。その年のすさまじいものは、満開の桜だった。

木の間なる染井吉野の白ほどのはかなき命抱く春かな

与謝野晶子

『白桜集』(昭一七)所収。晶子の夫寛が昭和十年三月亡くなった時、晶子は「辛かりし世をも恨まず言はずして山の如くにいましつる君」と詠んだ。寛没後の晶子の孤独・寂寥は深く、七年後病没するが、右は昭和十五年脳溢血で倒れた後の病中詠。心細さが切々とせまる。だが歌そのものには少しのゆるみもない。「自らは不死の薬の壷抱く身と思ひつつ死なんとすらん」。自己批評の目の清澄透徹に、一世の大歌人が到達したありのままなる世界がある。

花は散りその色となくながむればむなしき空にはるさめぞ降る

式子内親王

『新古今集』巻二春下。式子内親王は右〔『第八 折々のうた』二八頁〕に掲出の後白河院の皇女。鎌倉初期歌人中、男女を問わず最も優れた叙情詩人の一人だった。うら若いころ賀茂の斎院として約十年清らかに過ごし、その後も動乱の時代を通じて憂愁にみちた生涯を送ったと思われる。そのぶん歌は一層情熱的かつ繊細きわまるものになった。「その色となく」はただ何となくというほどの気分。うつろなようで情感のこもる歌である。

花は根に鳥は古巣に帰るなり春のとまりを知る人ぞなき

崇徳院（すとくいん）

『千載集』巻二春下。歴代天皇の中でも崇徳院ほどに悲運だった帝王も少なかろう。出生自体にすでに暗い影があり、そのため父鳥羽天皇にうとんじられたという。保元の乱の主役となり、最後は讃岐に配流（はいる）、そこで崩じた。しかし崇徳院は歴代天皇の中でも抜きんでた歌人の一人で、心情のよく流露する歌を作った人。この歌は晩春を詠む。花は散って根に帰り、鳥は古巣に戻るが、ひとり春だけはどこに宿るのか、帰りゆく先を知る者もない。

白藤の花にむらがる蜂の音あゆみさかりてその音はなし

佐藤佐太郎

『群丘』(昭三七)所収。白藤の房に蜂がむらがっている。それは激しい命の泡立ちだ。作者はあきらかにこの光景に心を揺さぶられた。だが彼は次の瞬間、もう藤のかたわらを何事もなく通りすぎて歩み去る(「さかる」は離れる意)。あの沸騰する命の羽音ももうどこにもない。時が静かに流れているばかり。はたしてあの命の乱舞は無だったのか。そして一方、あのような命の沸騰を傍観しつつ歩み去るわが命に、一体どんな音があるのだろうか。

沈みはつる入日のきはにあらはれぬ霞める山のなほ奥の峰

藤原為兼

『風雅集』巻一春上。繊細な風景描写がそのままで精妙な叙情詩になりうるということは、古典和歌が教えてくれた日本の詩歌の一特徴である。この性格は鎌倉末期のある種の和歌で一頂点に達した。為兼はその中心にいた指導者である。夕陽が西の山際に沈みきったとき、山の稜線がひときわくっきり現れる。霞がかかっている所までよく見える。そして見よ、その奥に立ち並ぶ峰の姿が、この時みごとに現れる。

瀬々走るやまめうぐひのうろくづの美しき春の山ざくら花

若山牧水

『山桜の歌』(大一二)所収。牧水は晩年沼津市千本松原を愛して住みついた。天城山麓湯ヶ島温泉に小旅行し、渓谷から山腹にかけて咲き連なる山桜を毎日せっせと詠んだ「山ざくら」一連の一首。この連作は牧水晩年の代表作ともなった。「うろくづ」は魚のうろこ、転じて魚をもいう。ヤマメもウグイも清流の魚だが、この歌は桜の美しさをいわず、春の魚の美しさをいうことで春の花を讃えている。

後世は猶今生だにも願はざるわがふところにさくら来てちる

山川登美子

『山川登美子全集』上巻(昭四七)所収。「明星」明治四十一年五月号の「日蔭草」十四首中の一首で、生前発表された最後の歌。結核のため二十九歳で夭折した歌人は、死の一年前すでにこのような自己埋葬の歌を詠んだ。後世はもとより今生にさえ望みを絶ったと覚悟した人のふところに、なお散りかかる桜の幻。これほどに悲劇的な感情が結晶した美しい歌は、古来ごくまれだったと思われる。

コルシカの桃の花盛りが昏々(くら)と顕(あら)はれし日のマチスの心の部屋

葛原妙子(くずはらたえこ)

『葛原妙子歌集』(昭四九)所収。昭和二十六年春に上野の国立博物館表慶館で開かれ、戦後まもない時期だけに大評判となったマチス展を詠んだものらしい。南仏の花盛りの桃、しかもマチスの絵となれば、その画面は十分に明るかろう。しかし作者は、その桃の花が画家マチスの「心の部屋」に宿った瞬間をとらえ、「昏々と」と形容した。明るいどころか逆に暗いというのは意表をつくが、創作心理の問題として見れば、うなずかせる想像である。

鶏(とり)ねむる村の東西南北にぼあーんぼあーんと桃の花見ゆ

小中英之(こなかひでゆき)

『翼鏡』(昭五六)所収。童画的風景だが、実は作者の思いえがく桃源郷の昼下がりかもしれない。現実とも夢とも区別がつかない村のひととき。そこでは鶏は眠りこけているし、方角は東西南北すべてだし、桃は「ぼあーんぼあーん」と咲いているしというわけで、具体的な現実の様相は最小限にしか書かれていない。それでいて一つの世界が鮮やかによび出されている。たぶんそれは郷愁という名の村。

一粒の向日葵の種まきしのみに荒野をわれの処女地と呼びき

寺山修司

『空には本』(昭三三)所収。寺山は早大に入学した直後「チエホフ祭」五十首によって短歌研究新人賞を受賞した。意欲満々の十八歳だった彼に刺激を与えたとされる、これまた当時彗星のように出現した中城ふみ子と並び、歌壇異色の新人の登場だった。右はその五十首中の一首。青年前期の、孤独でしかも昂然たる自負心、前途に思いえがく自らの未来への、厳しいがしかし自己愛によっていかにも甘美な展望は、早くも彼の一生を暗示していた。

みどりこき日かげの山のはるばるとおのれまがはずわたる白鷺

徽安門院

『風雅集』巻十六雑歌中。花園天皇皇女で光厳天皇の皇妃。南北朝期、京極派和歌が栄えた時代の歌壇の中心的位置にいる一人だった。また、花園、光厳両帝も和歌にすぐれていた。これは康永二年の歌合わせに出詠の、色彩を詠んだ歌。「はるばると」は「山」「白鷺」の上下双方にかかって働いている。「おのれまがはず」は一人鮮やかにきわだっての意。山の緑と鷺の純白の対比から、おのずと心境詠にも通じてゆくのが見どころ。

そゝくさとユダ氏は去りき春の野に勝ちし者こそ寂しきものを

寺山修司

『われに五月を』(昭三二)所収。作者十代の作。「ユダ氏」とは、信頼していた友に裏切られた寂しさから相手をこう呼んだのである。事の経過について具体的には何も語っていないが、大切なのは作者が「ユダ氏」を愛し信じていたという点にある。相手が最初から敵だったなら「勝ちし者こそ寂しき」ということにはならない。友もまた裏切ると知ることは、人生の深い寂しさの一つである。

み吉野は山もかすみて白雪のふりにし里に春は来にけり

藤原良経

『新古今集』巻一春上、巻頭歌。「春立つ心をよみ侍りける」とある立春の歌。新古今の晴れの巻頭歌に選ばれたのは、歌の流麗さと共に、新古今歌壇第一の庇護者だった良経への敬意も加わっていただろう。「ふりにし里」は「降る」に「古」をかけている。吉野にはかつて離宮もあり、人々には「ふるさと」の思いがあった。その吉野で、雪の降る冬も去り、春霞が立ちそめた喜びをたたえている。

春日野の下萌(したも)えわたる草のうへにつれなく見ゆる春のあわ雪

源(みなもとの)　国信(くにざね)

『新古今集』巻一春上。「下萌え」は、人目に立たない程度に芽が出ること。春日野一帯に春の淡雪が積もっているさまを、そこの土の表面に思いをはせて作った歌で、堀河院歌壇の中心人物だった国信の代表作。後年定家が「百人秀歌」(「百人一首」の原形)を撰した時、この歌も入っていた。しかし「秀歌」では省かれていた後鳥羽院・順徳院の作が「百人一首」に撰入された時、この歌は不運にも省かれた。

遠い春湖(うみ)に沈みしみづからに祭りの笛を吹いて逢(あ)ひにゆく

斎藤　史

『魚歌』(昭一五)所収。今の作者自身の厳しい眼からは若書きの甘い歌かもしれないが、昭和十年代には男の詩歌人もこの種の一見華やいでいて内実は寂しい憧れの歌をよく作っていた。湖底に沈んでいる自己の影像と当時の世相との間には、深い関係があるだろう。外見はあどけない詩の背景も、意外に深刻だったりする。同じ一連の最初の歌は、「あかつきのなぎさぬかりて落ち沈みわがかかりたる神神の罠」という、いろいろな意味を含んでいそうな歌。

さくら花かつ散る今日の夕ぐれを幾世(いくよ)の底より鐘の鳴りくる

明石海人(あかしかいじん)

『白描』(昭一四)所収。明石海人がもし長寿を保ったなら、昭和時代を代表する大歌人となったろうと、ありえぬことを思う。結婚して愛児も得た画家志望の人だったが、ハンセン病を発症、長島愛生園で昭和十四年没した。療養所で始めた短歌で数年のうちに一流歌人となり、世に衝撃を与えたが、『白描』一巻がこの世への遺言となった。目も見えず、五官の感覚も失われつつ、落花の夕暮れをこのような思いで迎えていた人もいた。

水中より一尾の魚跳ねいでてたちまち水のおもて合はさりき

葛原妙子

『葡萄木立』(昭三八)所収。「一尾の魚」はイッピキのウオと読むのだろう。この歌を読む人は、一種はぐらかされたような感覚を味わうのではなかろうか。普通私たちの眼は、水から魚がはねた時には、その魚自体の動きにつれて動く。ところがこの歌は、眼の自然な動きにさからって、魚がとび出した直後の水の動きの方に焦点を合わせている。それが読む者の感覚を刺激し、何か不思議な空間へと誘いこむ。作者はこのような方法に熟達していた。

最上川（もがみがは）の上空（じやうくう）にして残れるはいまだうつくしき虹の断片

斎藤茂吉

『白き山』（昭二四）所収。昭和二十年四月郷里山形県に疎開した茂吉は、そこで敗戦を迎えた。多くの戦争詠によって戦意高揚に協力した彼にとって、戦後の戦争責任追及は、さながら針のむしろにある思いだった。『白き山』で絶讃される自然詠の背景には、そういう事情もあった。最上川の上空に残り漂っている虹の切れはし。美しさをまだ残しているはかない光。放心して見あげている大歌人。

春のめだか雛の足あと山椒（さんせう）の実それらのものの一つかわが子

中城（なかじょう）ふみ子（こ）

『乳房喪失』（昭二九）所収。作者は三人の子をもうけた夫と離婚した後乳癌となり、乳房を切除した。しかし癌はすでに肺に転移していた。三十一年の人生は波乱に満ちていたが、天分の豊かさはまぎれもない。「世の常の母らしくなかった母」（歌集あとがき）と自ら言う作者が、子らを歌でぎゅっと抱きしめようとしている感のある歌だ。目高・雛の足跡・山椒の実。それらすべての小さなものと同列に並んだ子らは、いとしさの極みの存在として意識されている。

夕月夜しほ満ちくらし難波江の芦の若葉を越ゆるしら波

藤原秀能

『新古今集』巻一春上。元久二年後鳥羽上皇の主催で開かれた、漢詩と和歌を左右につがわせて優劣を争う詩歌合に、「水郷春望」の出題で詠んだ歌。芦の名所難波江の早春の夕景だが、潮がしだいにさしてくる時、芦の緑の若葉を白い波が越えてゆくさまをとらえて細やかである。その細やかさは、歌に描かれた波の動きから来ている。後鳥羽院から歌才を愛された人で、この歌は二十二歳の時の作。

大空は梅のにほひに霞みつつ曇りもはてぬ春の夜の月

藤原定家

『新古今集』巻一春上。『句題和歌』にある「照りもせず曇りもはてぬ春の夜の朧月夜にしくものぞなき」(大江千里)が本歌。千里の歌は春の朧夜を素朴にたたえているが、定家の歌の場合は、夜空も霞むばかりの梅の香と朧月夜との組み合わせから生じる、けだるい春夜の官能性をつかんでいる。中古から中世へ、同じ朧月夜を詠みながらも、言葉による微妙な官能性の追求は、ここまで突っ込んだものになっていった。

とめ来かし梅さかりなるわが宿をうときも人はをりにこそよれ

西行

『新古今集』巻一春上。「とめ」は「尋め」。今を盛りと梅が咲いているわが庵を、早くたずねて来なさい、疎遠にするのも時と場合によると、相手に半ば強要している。親しい人に贈った歌だろう。自讃歌だったことは、七十二首の自作を選んで作った有名な歌合の作、『御裳濯川歌合』にも、これを選んでいることからもわかる。初句と三句で切れている。単なるお愛想ではなく、相手の訪問を切望している気息が溢れている歌だ。

ゆく人をゐなかわらはの見るばかり立ならびたる土筆かな

大隈言道

『草径集』所収。「土筆」と題。立ち並んでいるつくしを思い出してみれば、これがいかに面白い連想を楽しんでいる歌か、すぐにわかるだろう。いがぐり頭の田舎の子供たちが、道ゆく見なれぬ人を立ち並んで見送る、そのようにいっせいに立ち並んでいるつくしんぼよ、と歌う。田舎道の土手などで見るつくしは、ほんとにこんな姿で伸びをしていた。懐かしい田園風景。してこの幕末の大歌人、根っからの子供好き。

海鳥の風にさからふ一(ひと)ならび一羽くづれてみなくづれたり

若山牧水

『山桜の歌』(大一二)所収。牧水永眠の地沼津から南へ少し下ると静浦がある。これはその土地で詠んだ「静浦」と題する歌で、「向つ国伊豆の山辺も見えわかぬ入江の霞わけて漕ぐ舟」もあり、春先のうららかな駿河湾の海景である。風にさからって舞っていた海鳥の一列が、「一羽くづれてみなくづれたり」というところ、歌人の成熟した描写力のすばらしさを遺憾なく示している。何やら象徴的な景色でさえある。

霞立つ末の松山ほのぼのと浪にはなるるよこぐもの空

藤原家隆(ふじわらのいえたか)

『新古今集』巻一春上。春の曙の心を詠んで名歌の誉れ高い歌。「末の松山」は宮城県にある歌枕だが、恋人への変わらぬ愛を誓うのがこの歌枕の本意。家隆は春の曙をうたった歌の、いわば隠し味として、別れを惜しむ恋人同士のきぬぎぬの思いを漂わせることに成功した。しかもなお、歌の表向きの内容は、波に別れをつげる横雲がほのぼのと棚引いている、春霞の松山の景色を描いた叙景歌なのである。

桜花時は過ぎねど見る人の恋の盛りと今し散るらむ

よみ人しらず

『万葉集』巻十春の雑歌。花には人間と同じ感情生活があり、恋の情緒をもわきまえているのだ、ということを、落花の情景に託して詠んでいる。「桜の花が咲いている。まだ満開ではなく、散るには間があるのに、今目の前で見ている人にとっては、これが花である自分への恋の盛りなのだと知って、さてこそ花は散っているのだろう」という意味である。奈良時代、すでにしてこのような花見の美学があったのである。

空はなほかすみもやらず風冴えて雪げにくもる春の夜の月

藤原良経

『新古今集』巻一春上。自邸で催された歌合(左大将家百首歌合)に出した「余寒」の歌。「雪げ」は「雪気」で、雪もよいのこと。春とはいえ空は霞むほどには至らず、風は冷え引きしまり、雪もよいの様子で、春の夜の月も曇っている余寒。材料がこれだけ多いのに全体としてののびやかな調子が保たれているのは、この作者の美質。春夜は霞に曇るという常識を、「雪げに」曇らせたのは新趣向。

鉢之子(はちのこ)に菫(すみれ)たんぽぽこきまぜて三世(みよ)の仏にたてまつりてむ

良寛(りょうかん)

『良寛歌集』所収。「鉢之子」は、托鉢(たくはつ)の僧が米銭を受ける鉢。鉄の鉢もあるが、良寛のは木製漆塗りだった。その鉢の子に、菫やたんぽぽなど野辺で摘んだ草花を一緒くたに入れ、過去・現在・未来三世(さんぜ)の仏さまたちに、心をこめて奉ろうという。日常生活のあらゆる些事がすべてそのまま詩歌を生むきっかけになったような人だが、これは才能というよりは心の持ち方の問題だったと思う。

春雨(はるさめ)のふるとは空にみえねどもさすがにきけば軒の玉水(たまみづ)

宮内卿

『夫木(ふぼく)和歌抄』所収。後鳥羽院に出仕し、抜群の歌才で後鳥羽院歌壇の花だった才女だが、あわれ二十代前半で夭折した。印象鮮明で優美な作風は、この歌にも明らかにうかがえる。空を見ても降っているとは思えない細かな春雨。だが、そうは思っても、軒にはきらめく水のしずくが、音立てて流れる。古今集の名歌「秋来ぬと目にはさやかに見えねども風のおとにぞおどろかれぬる」の換骨奪胎か。

さくらばな花体を解きて人のふむこまかき砂利(じゃり)に交(まじ)りけるかも

岡本かの子

『深見草』(昭一五)所収。かの子は昭和四年四十歳で『わが最終歌集』を出した。小説家になりたい一心だった。しかし小説家の才能がまさに爆発的に開花したのは、四十七歳の時の作『鶴は病みき』が最初で、二年余り後には脳出血で倒れる。没後続々と傑作が発表され、世間を驚倒させた。同じく歌集『深見草』も没後の刊行。作風は右の歌のように、微細なものへの注視に特徴があり、悠然として閑静。

花にそむ心のいかで残りけむ捨て果ててきと思ふ我身(わがみ)に

西行

『山家集』春歌。西行といえば花と月。七十余歳まで桜に恋し続けた。「ねがはくは花のもとにて春死なむその如月(きさらぎ)の望月(もちづき)のころ」と詠んだ通り、文治六年二月十六日、まさに桜の花盛りの時死んだ。右の歌も厖大な数にのぼる桜の歌の一首。俗世の欲はすっかり捨てきったと思うのに、なぜ花に染まる執着だけは残っているのか、と嘆く。実際には、花恋しさをおのろけ混りに詠んだようなもの。

み山木のその梢とも見えざりし桜は花に顕はれにけり

源頼政

『詞花集』巻一春。春のさまざまな木の花が次々に咲き出る季節となると、頼政が詠んだような情景がしばしば新鮮な驚きで立ち現れる。「み山木」は深山木。あれがその梢だとも見えなかったのに、遠方の山の梢、花咲いたのを見れば、何と桜ではないか、あんなところに、まあ。頼政は宇治の平等院で平家方に追いつめられ自刃した源平争乱時代の武将だが、平安朝有数の自然詠の名手だった。

つめたきは山ざくらの性にあるやらむながめつめたき山ざくら花

若山牧水

『山桜の歌』(大一二)所収。晩年沼津に住んだ牧水は伊豆周辺をよく旅した。これは大正十一年三―四月、天城山北麓の湯ケ島温泉で、あたりに咲き誇る美しい山桜を、こころがけて毎日歌に詠んだ、その中の一首。山桜の花の清楚な白を「つめたき」と見るのは一つの見方である。染井吉野などは葉に先立って花が咲くし、ぱっと華やかだが、これとて桜好きの人々には好き嫌いの論がある。とかく桜は議論多く、詩歌作品は数えきれず、人気抜群。

残りゆく有明の月のもる影にほのぼの落つる葉隠れの花

式子内親王

『式子内親王集』所収。式子内親王は後白河院皇女。平安朝末期の皇室内部の紛議に源平の争いがからんで、政権上層部の闘争が日常茶飯になっていた当時の姫君である。藤原俊成を師とした和歌の力量は、肩を並べる人も少なく、特に孤独境に沈潜する歌は、右のような自然詠でも、繊細さ鋭さとも比類がない。有明月が葉を洩れ落ちる。葉隠れの花もほのぼのと散る。自然詠がそのまま心境詠である。

最上川雪を浮かべるきびしさを来りて見たりきさらぎなれば

斎藤茂吉

『白き山』(昭二四)所収。茂吉晩年の郷里疎開時代の歌は、昭和二十年から敗戦を迎えるまでの生地山形県金瓶(かなかめ)時代(『小園(しょうえん)』)、さらに二十一、二十二年の大石田町移住時代にわかれる。大石田時代の歌集『白き山』は、茂吉晩年の頂点と見られるが、歌の中で最上川風景がくり返し詠(うた)われ、心情と風景との悲痛なまでの一体化が見られる。写生の歌の一極致だろう。右の歌、結句が深い溜息(ためいき)のよう。

我が園に梅の花散るひさかたの天(あめ)より雪の流れ来るかも

大伴旅人(おおとものたびと)

『万葉集』巻五。大宰府の長官だった旅人が、天平二年正月十三日に自邸で開いた梅の花の宴。記録されたものでは最古の詩歌の宴だろう。三十二人が一座して三十二首の梅をたたえる歌を披露した。上手もいれば迷惑そうな下手(へた)もいて、現代まで通じる花ぼめの雅宴の最初。宴の主人は右の歌を披露した。梅の花が散る、あれは空から雪が流れてくるのだろうか。調べの流麗、天性の叙情詩人である。

大いなる椿(つばき)の一樹野に老いて身の紅(くれなゐ)を汲(く)みあかぬかも

稲葉京子(いなばきょうこ)

『紅を汲む』(平一一)所収。歌集の表題は右の歌からとられている。作者の自信作だろう。それがすんなり理解できる作である。植物は樹液の中で色彩を合成し、咲くべき時節が来ればごく自然に美しい色を花びらに注ぎこむ。椿は椿の、桜は桜の、一期一会としか言いようのない美しい花がそこに咲く。それはたしかに、樹木がそれ自身の「紅を汲みあかぬ」としか思えない、命の循環の光景である。

くれなゐの二尺伸びたる薔薇の芽の針やはらかに春雨のふる　　正岡子規

『竹の里歌』(明三七)所収。作者は明治三十五年九月十九日に没した。右はその二年半前の作。子規は『歌よみに与ふる書』で世間を驚かせた明治三十一年以降、特に短歌に熱中したが、短歌への関心はずっと前からあった。短い晩年のうち、三十一年と三十三年が歌は特に豊富活発だが、右は三十三年春の作。「庭前即景」と題する。菜の花、鶸、四十雀、鳶と、病床から見えるものは何でも歌になった。

縞馬の尻の穴より全方位に縞湧き出づるうるはしきかな　　小池光

『廃駅』(昭五七)所収。「動物たち」と題する歌の一首。「縞馬の尻の穴より全方位に」という着眼に、おかしみがあり、しかも的確。「全方位に」がいかにも高校の理科・数学教師らしい緊まった表現。これがあるから、続く下の句で、「縞湧き出づる」から「うるはしきかな」へ一気にひろがってゆく快さがある。ほかにも「レオポンなるいきものをつくる情熱がアウシュビッツを生みにけらずや」。

少年のわが身熱(しんねつ)をかなしむにあんずの花は夜も咲(ひら)きをり

高野公彦(たかのきみひこ)

『汽水(きすい)の光』(昭五一)所収。出世作となった歌集の巻頭にある歌。上の句と下の句の結びつき方が、即(つ)かず離れずの感じになるように工夫された作で、「に」一文字が上と下を微妙に支えているところなど、若年の歌集にして技巧はしっかり身についている。「かなしむ」は第一に「愛(かな)しむ」、ついで「悲しむ」だろう。複雑な味わいの「かなし」で、右〔『新折々のうた5』四二頁〕の古今集歌の「悲し」の方が明快単純だった。

携へて君らの去りし夕まぐれ芽立ちをぬらす雨となりたり

相良(さがら)宏(ひろし)

『相良宏歌集』(昭三一)所収。「苦しければ小声で歌ひゐし君も記されむ唯手(ただ)術死の一例として」など、おそらく結核患者最後の傑出した歌人として秀作をたくさん残した人。昭和と同じ年号を生きて三十歳で没した。右は療養所に彼を見舞ってくれた二人連れの友人が、共に立ち去ったあとの寂しい春の夕暮れ。「芽立ち」はさまざまの木(き)の芽が、木(こ)の芽時(めどき)になって芽吹きはじめる様子をいう表現。

花も見ずとりをもきかぬ雨のうちのこよひの心何ぞ春なる

光厳院

『光厳院御集』所収。古典和歌にも近代以降の短歌にも意外なほど歌われていないような心のすがたが、鎌倉時代末期の乱世に北朝初代の天皇となった光厳院の歌にはある。春の雨が垂れこめている宵、春らしい花も見えないし鳥も鳴かないこの夕べに、いったいなぜ、ふかぶかと「春」が感じられるのか。人間の心の働きにさりげなく深く触れている歌。出家し高い境地に至った天皇として尊ばれる。

眺むれば霞める空の浮雲とひとつになりぬ帰る雁がね

藤原良経

『千載集』巻一春上。上記『千載集』は文治四年(一一八八)奏覧の勅撰和歌集だが、作者良経は、二十歳にも満たぬ身で七首も同集に採られるという驚くべき俊才歌人だった。天分の良さに加えて、努力も並みなみならぬものがあった。北へ帰る雁を詠んだ右の優艶な歌は、十八、九歳の名門藤原家の青年貴公子が「帰雁の心を」詠んだ題詠だったのである。漢詩にもすぐれ、和歌は平明な言葉遣いの中に深い情趣がこもり、特に叙景歌に傑出していた。

雲にまがふ花の盛りを思はせてかつがつ霞(かす)むみ吉野の山

西行法師

『宮河歌合(みやがわうたあわせ)』所収。西行は七十歳に達した晩年に自作の和歌を七十二首選び、左右三十六番の歌合作品を作った。一度ならず二回も試みた。『御裳濯川歌合』と上記『宮河歌合』で、神宮に奉納するという神聖な目的があったが、同時にわが生涯を顧みる気持ちもあったろう。その一首。花盛りを待ちかねている吉野山を詠む。雲ではないかと間違われるほどの花盛りを思わせて、やっと霞みそめてきた吉野山よ。

み吉野の花のさかりをけふ見ればこしのしらねに春風ぞ吹く

藤原俊成

『千載集』巻一春上。吉野山の花盛りを今日見ていると、越前・越後などに連なりそびえる雪深い山々を、暖かな春風が吹きわたるかと思われるほどだ。吉野の満開の桜と、はるかに遠い越路の雪景色を重ね合わせて幻想し、花盛りの美しさをことほぐように雪景色の上を春風が吹き渡ってゆくと、対象を大きくとらえている。眼前の吉野の桜と越路の白雪との重ね合わせに着目した、大歌人の手腕。

いづくにて風をも世をもうらみまし吉野の奥も花は散りけり

藤原定家

『千載集』巻十七雑歌中。桜の花は、散るというだけのことにも、他の花とは違う意味づけをされる花である。いっせいに豪華に咲き、散るときもいっせいに散ってゆくのが、何ほどか人の生涯を連想させるからだろうか。「どこに行って風をもこの世をも恨みましょうか。花が散るときは、吉野の奥でも同じように花は散っていきます」というこの定家の歌は、単に落花の歌なのに、人生論と読める。

たゝかひに果てにし子ゆゑ、身に沁みて　ことしの桜　あはれ　散りゆく

釈迢空

『倭をぐな』(昭三〇)所収。釈迢空(本名折口信夫)は国学院大学教授だった。昭和十九年、愛弟子の一人春洋を養嗣子とした。春洋は召集され、戦地にあった。そして彼は戦局とみに激化した翌二十年、硫黄島での米軍との死闘であえなく戦死し、迢空を慟哭させた。上記最終歌集にはこの悲痛な体験も含め、戦後社会への憤りが色濃く流れている。桜の散るのを眺めるのさえ、春洋の哀れさが身に沁みた。

雉子の声やめば林の雨明るし幸福はいますぐ摑まねば

寺山修司

『空には本』(昭三三)所収。上記は作者の登場を鮮やかに示した最初の歌集。見返しに楽譜を印刷するなど造本にも装飾性への目くばりがきいていた。本好きの青年が、気鋭の出版社主北川幸比古とあれこれ討議しながら作った本だったろう。右の歌は、そんな青年歌人の、明るい自然を前にしてとっさに湧きあがった叫びのような歌。寺山修司はたくさんの希望を持ちながら、若くして死んだが。

あさなあさな廻って行くとぜんまいは五月の空をおし上げている

山崎方代

『迦葉』(昭六一)所収。昭和六十年八月七十歳で没した独立独歩の歌人。戦中に銃弾を浴び、以後失明に近い状態で生きた。口語の調べを自在に生かした短歌で、晩年は歌壇以外に多くの愛読者を持った。玉城徹の歌誌「うた」に拠ったが、同誌に発表した歌では、方代の書き方である現代仮名遣いが、同誌の約束に従い、旧仮名となった。それを上記遺歌集で現代仮名遣いに統一。右の作は冒頭二首目で、下句はよくゼンマイの勢いを移し得ている。

春浅き大堰(おほゐ)の水に漕(こ)ぎ出(い)だし三人称にて未来を語る

栗木京子(くりききょうこ)

『水惑星』(昭五九)所収。昭和五十年代は、顧みれば新鮮な女性歌人がたくさん登場したことで際立(きわだ)っていた時代だった。長期の戦火の収束、女性の社会進出と連動していた現象だろう。この歌の作者もその中の一人で、上記は第一歌集。右は京大理学部の学生だったころの作で、二十代初期の歌。「大堰」は京都西郊を流れる川。嵐山あたりの舟遊びだろうか。自分をわざと三人称(彼女)で呼び、未来を語り合う女たち。

二分けに駿河の富士は率(ひき)ゐけり甲斐(かい)の冬山相模の春山

吉野秀雄(よしのひでお)

『晴陰集』(昭三三)所収。富士山は駿河と甲斐の双方にまたがり、三六〇度全開の状態で天下に威容を示す。富士山程度の高さの山なら世界各地にあるが、長く優美な裾野(すその)を、この山ほどゆったりと広げる高山は稀(まれ)で、それが富士の名をかくも有名にした理由の一つであろう。作者は富士山をたくさん詠んだ歌人だが、この歌は早春の富士の雄大さを、二つの季節を示している二つの土地を率いる姿としてたたえた。

電線にいこふきじばと糞（ふん）するとはつかにひらく肛門（こうもん）あはれ　　高野公彦

『水行』（平三）所収。歌人というものは妙なことまでじっと見ているのだな、と思う人もいるだろう。詩歌というものは俗な日常以外のどこに根ざしているわけでもない。出来上がった瞬間に、日常の視野からするりと身をひるがえし、言葉が生み出す俗離れの視野に転じてしまうだけである。「はつかに」（わずかに）ひらく肛門から落ちるものに直撃されれば、拭（ふ）き取るやますますいやな臭（にお）いという現実が、人を襲う。

春の鳥な鳴きそ鳴きそあかあかと外（と）の面（も）の草に日の入る夕（ゆふべ）　　北原白秋

『桐（きり）の花』（大二）所収。「な鳴きそ」の「な……そ」は、動詞の連用形を挟んで相手の行動を制する句となる。鳴かないでくれ。白秋は最初の歌集『桐の花』の巻頭にこの歌を置いた。いきなり、文法でいえば古語が登場するわけだが、意味は明瞭（めいりょう）。語調は明るく開放的で、代表歌集『桐の花』そのものを代表する愛誦歌（あいしょうか）となった。近代詩の第一人者白秋は、『桐の花』一冊で、たちまち歌人としても第一線に立った。

ほそぼそと出臍(でべそ)の子供笛を吹く紫蘇(しそ)の畑の春の夕ぐれ

北原白秋

『桐の花』(大二)所収。上記は詩人白秋の第一歌集。彼の著作としては『邪宗門』(明四二)、『思ひ出』(明四四)の二冊の有名な詩集に次ぐもので、近代詩と短歌という二筋道を白秋が堂々と歩み始めた第一歩を示すものだった。短歌史を輝かしく彩った名歌集だが、白秋個人にとっては屈辱の記念碑ともなった。歌集成立の過程に生じた人妻との恋愛で姦通罪にとわれ、収監、示談による解決という事件となったからだ。

傷つけたことよりずっとゆるされていたことつらく椿(つばき)は立てり

江戸(えど)雪(ゆき)

『Door』(平一七)所収。生活してゆく間にはこの歌にあるような経験をすることもありうる。この作者は、自分が気づかぬうちに人を傷つけていたらしい。「ヘブンリーブルー咲きつぎ知らぬまにひと傷つけてわれの谷底」という歌もある。「ひと」はかなり親しい仲の友人なのかもしれない。傷つけられた方が、その後ずっとこちらを許してくれていたことが、ある時わかって愕然(がくぜん)とする。取り返しがつかないこのつらさ。

いちはつの花咲きいでて我目(わがめ)には今年ばかりの春ゆかんとす

正岡子規

『竹の里歌』(明三七)所収。「しひて筆をとりて」という題の、全十首中の第一首。「いちはつ」はアヤメ科の草花で、「鳶尾」などと書く。子規の結核による病状は予断を許さぬほど重かった。「我目には今年ばかりの」と言っているところに、自分はもう来年の春にはこのいとしい花たちに再会できまいという惜別の思いが溢れていた。だが子規はその年みごとに生きのび、三十六歳で死んだのは翌年九月十九日だった。

いつしかに春の名残となりにけり昆布干場(ほしば)のたんぽぽの花

北原白秋

『桐の花』(大二)所収。白秋は明治四十三年(一九一〇)暮春、神奈川県三浦半島の尖端(せんたん)にある漁村、三崎を訪れたことがあり、この歌はそのときの作。彼は後、大正二年(一九一三)五月から三年二月まで、ここに居を構えるために転居してくるが、この三崎時代は、彼の波乱にみちた苦闘時代となった。右の歌はそれに先立つ時代で、まわりの環境も、春の名残のおだやかな日ざしの中に憩っている。昆布干場をかこんでタンポポが咲く。

夏のうた

行きなやむ牛のあゆみにたつ塵の風さへあつき夏の小車

藤原定家

『玉葉集』夏歌。牛車、つまり牛にひかせる乗用の屋形車だろうか。炎天にあえぎ、人はもちろん牛までものろのろ歩む。その足元から乾いた塵ほこりが舞いたつ。風がたてば涼しいはずなのに、塵をまきあげる炎天の風はかえって暑くるしさを増す。抜群の耽美的作風の歌人定家に、この印象的な作があるおもしろさ。「むしますなあ」「どこぞ涼しい川べりにでも」。古都の夏は王朝の余映の時代にもやはり暑かったのだ。

めん鶏ら砂あび居たれひつそりと剃刀研人は過ぎ行きにけり

斎藤茂吉

『赤光』(大二)所収。「七月二十三日」と作歌日付をそのまま題とした五首の一つで大正二年作。日ざかりの庭でめんどりどもがしきりに砂をあびている。かたわらを剃刀とぎ師(とぎ屋とよばれた)がひっそり通っていった。ただそれだけの光景なのに、不気味に張りつめた静けさがある。ゴッホの絵が与えるある種の不安な感じに似ているところがある。「ひつそりと」の一語、千鈞の重みがある。

水すまし流にむかひさかのぼる汝がいきほひよ微かなれども

斎藤茂吉

『白き山』(昭二四)所収。戦争末期郷里山形県金瓶に疎開した茂吉は、二十一年二月大石田に移り、翌年十一月まで同地で過ごした。敗戦の衝撃も加わって重い病気にかかったが、最上川べりの日々から生まれた生前最後の歌集『白き山』は、沈痛な調べに茂吉の新境地を示し、生涯の代表歌集となった。これは二十一年初夏の歌。水すましを詠んでこれに優る歌や句をほとんど知らない。結句「微かなれども」の働きが絶妙なのである。

草わかば色鉛筆の赤き粉のちるがいとしく寝て削るなり

北原白秋

『桐の花』(大二)所収「初夏晩春」一連の一首。白秋はこの歌集刊行前、すでに詩集『邪宗門』『思ひ出』を出して詩界の寵児となっていたが、『桐の花』によって歌壇の人気をも一身に集めた。若さにまかせて笛を吹き鳴らせば、それがそのまま比類ない青春感傷の調べを奏でるような観があった。草に寝て色鉛筆の粉を散らす、そのとりとめない手すさびにも、歌となって流露する命のひとときがあった。

ほととぎす空に声して卯(う)の花の垣根もしろく月ぞ出でぬる

永福門院(えいふくもんいん)

『玉葉集』夏。鎌倉末期の代表的女流歌人。伏見天皇中宮だった。王朝和歌で「ほととぎす」を詠むときは、明け方のほととぎすをいうのが一般だが、これは夕暮れ、月の出のほととぎすを詠む。この歌を読むとおのずと思い出されるのは、佐佐木信綱作詞の小学唱歌である。「うの花のにほふ垣根にほととぎす早も来なきて忍び音もらす夏は来ぬ」(明二九)。この詩はもちろん門院の歌を踏まえているだろう。伝統が思いがけない所で近代に生かされた一例である。

うちしめりあやめぞかをるほととぎす鳴くや五月(さつき)の雨の夕暮

藤原良経(ふじわらのよしつね)

『新古今集』巻三夏。藤原家の権門に生まれ、摂政太政大臣にまでなった鎌倉前期歌人。『古今集』巻十一、よみ人知らずの恋の名歌、「ほととぎす鳴くや五月のあやめ草あやめもしらぬ恋もするかな」を本歌とし、その上句をそっくり取って、内容は恋の歌から夏の季節の歌へと転じた。二首並べてみて詞句踏襲に無理を感じさせない手腕はみごとである。地上にはしめったあやめが薫っている。折しも空にはほととぎすが鳴いて過ぎる。

鎌倉や御仏(みほとけ)なれど釈迦牟尼(しやかむに)は美男(びなん)におはす夏木立かな

与謝野晶子(よさのあきこ)

『恋衣』(明三八)所収。尊い大仏を美男よばわりしたと、発表当時謹厳な伊藤左千夫らに痛罵された歌。しかし古来日本の詩文には仏の目鼻だちの麗わしさをたたえたものは数多い。晶子の歌もそういう感覚で作られているものだろう。近代特有の厳粛主義では律しきれない庶民的な生活感覚がそこに生きている。ただし、鎌倉の大仏は晶子の実感した釈迦ではなく阿弥陀仏で、彼女も後年自分の誤りに気づいた。しかし歌を作りかえようとは思わなかった。

池水は濁りににごり藤なみの影もうつらず雨ふりしきる

伊藤左千夫(いとうさちお)

『左千夫歌集』(大九)所収。元治元年上総(千葉県)生まれ、大正二年没の歌人。正岡子規に師事、子規没後「アララギ」を創刊主宰し、根岸派隆盛の基礎を作った。「亀井戸の藤も終りと雨の日をからかさtermしてひとり見に来し」など一連の一首。藤といえば、病床の子規もよく藤を歌った。この歌の左千夫は、たたきつけて降る雨と池の濁り水を背景に花を詠むことで、新しい藤の見方を提出し、師に迫ったともいえようか。

みづからを思ひいださむ朝涼しかたつむり暗き緑に泳ぐ

山中智恵子(やまなかちえこ)

『紡錘』(昭三八)所収。大正十四年名古屋市生まれの現代歌人。前川佐美雄に師事。「みづからを思ひいださむ朝涼し」とは、思えばいったいどんな朝の、どんな涼しさだろう。肉体は現に生きてあるにしても、魂には魂の生活があり、おのれ自身を思い出のひとこまと化して回想する心の異次元さえある。その心の時空にあざやかに浮かび、何かしら現世の彼方からの告知を囁きかけるにも似た、かたつむりの遊泳。

草づたふ朝の蛍(ほたる)よみじかかるわれのいのちを死なしむなゆめ

斎藤茂吉

『あらたま』(大一〇)所収。大正三年夏作。作者愛着の歌で、自選歌集『朝の蛍』を編んだ時、本の題名にもとった。「ゆめ」は下に打消し語を伴う副詞で、決して。朝の蛍だから光らずに草を這っている。それを見ながら蛍の短い命を思い、反射的におのれ自身の短い命を思い、そのいとしさに突き動かされた。蛍にむかって呼びかけているようにみえるが、実は何者か大いなる者へ激情的に訴えているのである。

月や出づる星の光のかはるかな涼しき風の夕やみのそら

伏見院

『風雅集』巻四夏。第九十二代天皇。中宮は歌人永福門院。鎌倉時代後期の勅撰和歌集『玉葉集』は、院が心服していた歌人京極為兼に命じて編ませたもので、同じ歌風を継いだ『風雅集』とともに当時の最も充実した勅撰集だった。伏見院の入集歌は両歌集とも最多を誇り、中宮永福門院ともども、当代の代表歌人だった。叙景歌にすぐれていたが、自然界の変化に敏感に反応してゆく歌風は、近代印象派の絵や音楽さながらの一面がある。

ただ一つ松の木の間に白きものわれを涼しと膝抱き居り

長塚節

『長塚節歌集』(大六)所収。明治十二年茨城県生まれ、大正四年没の歌人。正岡子規門。喉頭結核で夭折した。晩年の大作「鍼の如く」の一首で、大正三年七月、福岡の九大付属病院(病没の地)に入院中の作。病院裏には美しい松林があって海に続いていた。白い浴衣を着て一人松林を歩み、砂に坐って膝を抱く涼しさ。自分自身を「白きもの」と客観的に見て微笑する心のゆとりが、節の歌の気品を生んだ。

輝やかにわが行くかたも恋ふる子の在るかたも指せ黄金向日葵

与謝野寛

『毒草』(明三七)所収。上記歌集は妻晶子との合著。日露開戦直後に刊行された。それだけに、芸術・恋愛の理想をうたいあげる鉄幹(寛)の歌や詩には、緊張した調べがあって注目される。歌は華麗だが、彼らの実生活は貧しいものだった。コガネヒグルマはヒマワリを美化して言ったもの。「わが行くかた」と「恋ふる子の在るかた」とに、芸術と恋の理想が暗示されていようが、何よりも歌声の晴朗さが印象的。

またひとり顔なき男あらはれて暗き踊りの輪をひろげゆく

岡野弘彦

『滄浪歌』(昭四七)所収。大正十三年三重県生まれの歌人。家は代々の神主家で、国学院に学んだ。折口信夫(釈迢空)のもとで古代信仰・文学を専攻、師の身辺にあって生き方にも学問にも深い影響を受けた。生き残った学徒兵世代の一員として、独特な現実批判の姿勢を歌にこめる。この歌の「暗き踊りの輪」とは盆踊りのこと。その輪にまた一人、「顔なき男」が加わり、輪を広げてゆくという。いうまでもなく、男は戦で死んだ者の霊魂。

日暮るれば下葉こ闇ぐらき木のもとのもの恐ろしき夏の夕暮れ

曾禰好忠

『曾丹集』所収。好忠は平安中期の歌人。耳なれぬ用語、珍奇な植物名や地名を詠みこみ、いち早く権威ある『古今集』歌風革新の先駆をなした。歌には当時における独自の新鮮味と、一種の土臭さがまじっており、調べもごつごつしている。そこが後世評価されたのだから面白い。この歌も、油絵でいえば厚塗りの絵という所だろう。夏の夕暮れを詠んでこんな点に目をつけ、「もの恐ろしき」感触を詠んだ王朝歌人はほかにいなかった。

石麿いはまろにわれ物申ものまをす夏痩なつやせに良よしといふ物そ鰻むなぎ取り食めせ

大伴家持

『万葉集』巻十六。二首連作の一つ。注によると、あだ名を石麿という人がいた。人格者だったがひどくやせていて、いくら食べても飢えやつれてみえた。そこで家持が戯れにこの歌を作ってからかったのだと。『万葉集』の特に巻十六に収められている機智と諧謔の歌のうち、対人的な笑いの代表的なものとしてよく知られている歌である。土用の丑の日はウナギの受難の日だが、ウナギが夏やせに効くという考えは、じつに天平の昔からあったわけだ。

庭の面はまだかわかぬに夕立の空さりげなく澄める月かな

源頼政

『新古今集』巻三夏。古来日本には、武人で同時に一流の詩歌人だった人々がいるが、頼政は中でも抜群の一人だった。武人としては宮中での鵺退治の話は有名である。歌人としても平安末期歌壇で大いに活躍した。治承四年平家に謀反、敗れて宇治の平等院で自害。七十七歳だった。さてその歌はごらんのようなもの。平明な言葉を安らかに連ねて、外界の印象を鮮明に写しとっている。率直多感な人柄がうかがえる歌である。

かへり来ぬむかしを今とおもひ寝の夢の枕に匂ふたちばな

式子内親王

『新古今集』巻三夏。詩歌の世界にはまことにはかない種類の感覚を言うことで濃厚な詩情をよび出す作例がある。たちばなの香などその最たるものだった。「五月待つ花橘の香をかげば昔の人の袖の香ぞする」という『古今集』の一首のおかげで、「たちばなの香＝なつかしい恋もあった昔の日々」という連想の図式が成立した。その常識を踏まえて、これはまたまさに可憐な、花の香のような懐旧の歌。

よられつる野もせの草のかげろひて涼しく曇る夕立の空

西行（さいぎょう）

『新古今集』巻三夏。「よられ」は「縒られ」で、夏の烈日に照りつけられた草の葉がよれたようになっているさま。「野もせ」は「野も狭いほど」で、言いかえると野づら一面に。旅人西行の旅中吟でもあろうか、実感に溢れた歌である。暑熱でちりちりになった草原がすうッと陰って、むこうから見る見る雲が拡がってくる。夕立がやってくるのだ。空気が快く冷えてきて涼しい。「涼しく曇る」という表現がよくきまっている。

夕立の雲間の日影晴れそめて山のこなたをわたる白鷺（しらさぎ）

藤原定家

『玉葉集』巻三夏。伝統和歌の二大主題はもちろん春夏秋冬と恋。うち恋愛の主題は時代と深く関わっている。たとえば平安朝の恋歌は現代のそれとはまったく異質の諸条件のもとに作られていた。だからかえって恋歌を通じて時代を透視することもできるといえる。四季の歌にも時代性はあるが、叙景の歌はその限りでない。右の歌もその好例といえよう。難解と評される定家にこのような歌がある面白さ。

森駈(か)けてきてほてりたるわが頬をうづめむとするに紫陽花(あぢさゐ)くらし

寺山修司(てらやましゅうじ)

『空には本』(昭三三)所収。寺山修司の短歌に登場する「われ」は必ずしも常に寺山自身を意味してはいない。ある物語的世界の中に一人の「われ」がうまく歩み入ることができれば、その時その、、われの歌がうたわれる――そんな作り方の歌が多かった。右の歌もそういう性質の歌だとは断定できないが、この少年(いや少女かも知れぬ)は、古雅な恋愛小説のういういしい主人公であるようにも感じられる。

草むらの底に蛍(ほたる)のかげ見えて露は葉のぼる夕ぐれの庭

松平定信(まつだいらさだのぶ)

『三草集』所収。田安宗武の子、つまり八代将軍吉宗の孫。白河藩主で楽翁と号し、父譲りの文人だった。寛政の改革を断行した老中として有名。この歌は「蛍を」と題する。草むらの底にホタルの光(「かげ」はここでは光をいう語)が見えていたが、ホタルが葉をのぼるにつれ、その光に照らされて、葉を濡らしている夜露もしだいに上へのぼってゆくように見えるというのだろう。昔の為政者は、かくも繊細優美な歌を作った。

思ひやれ木曾のみ坂も雲とづる山のこなたの五月雨(さみだれ)の頃(ころ)

宗良親王(むねながしんのう)

家集『李花集』夏歌。後醍醐天皇皇子。南北朝争乱時代、南朝の中心となって信州を本拠に各地で戦い、伊那で没したとされる。母が歌学の二条家出身で、親王も和歌に秀でた。南朝の人々の歌に対する京の歌壇の冷遇を憤り、『新葉集』(のち准勅撰となる)を編んだ。この歌は木曾の御坂峠のこちら側から都の知人にあてて、厚い雲に閉ざされている五月雨ごろの信濃、そしてわが胸中の憂愁と悶々の情をのべている。

小鳥らのいかに睦(むつ)びてありぬべき夏青山(なつあをやま)に我はちかづく

斎藤茂吉

『つゆじも』(昭二一)所収。長崎医学専門学校教授だった茂吉は、長崎在住三年目の大正九年夏、やや長期にわたって病臥した。島木赤彦も東京からはるばる見舞いにかけつけた。その赤彦らと温泉(うんぜん・雲仙の古称)岳に登り、温泉旅館で療養を続けた時の一首。青々と茂る夏山に向かって歩みつつふと心に湧いたのは、山中の小鳥らのにぎやかな睦み合いだった。病中の感慨がおのずとこもっている。

うすみどりまじるあふちの花見れば面影に立つ春の藤浪

永福門院

『玉葉集』巻三夏。「あふち」はオウチと発音し楝・樗と書く。センダンの古名で、初夏淡い紫色の花をつける。永福門院の歌はこの落葉喬木の枝に咲く花の群れを見ながら、晩春の藤浪をそれに重ねて思い描いているのである。もっと昔の歌であれば、さしずめこれが人の面影となる所だが、鎌倉後期の『玉葉集』『風雅集』時代の歌は、むしろ人情を去って素直に自然を見、歌っているのが新鮮である。

甲斐(かひ)の側(かは)に白きは雲と見し間(ま)もなくはびこりもり上(あが)るこの量は如何(いか)に

木下(きのした)利玄(りげん)

『一路』(大一三)所収。大作「富士山へ上る」全四十六首の一首。読みくだすとき、一見もたもたしているような印象を与える破調の短歌は、利玄作品の一特色をなす。この歌の雲の量感の表現には、逆にそれが生かされている。元来彼の破調は内面から突きあげてくる情緒が上滑りするのを防ぐ制御装置のようなところがあった。量感表現といえば「軍艦碇泊」と題する歌も面白い。「胴体を波に深くしづめ軍艦の取りつくしまもなく横たはりゐる」。下句がいい。

杣川(そまがは)のいかだの床(とこ)のうきまくら夏はすゞしきふしどなりけり

曾禰好忠

『詞花集』巻二夏。「杣川」は杣を流し運ぶ川。「杣」とは材木をとるため植林した山、またそこから伐り採った木のこと。「うきまくら」には「浮き」と「憂き」が隠されている。杣川を流れくだる筏の床、それはつらい仕事の浮き(憂き)枕だが、夏ばかりは涼しさ満点の寝床だ、というので、古典和歌の夏の歌に好んで詠まれた納涼が主題である。作者好忠は新奇な素材を詠むのを好んだので知られているが、これもその一例といえよう。

しみじみと海に雨ふり澪(みを)の雨利休鼠となりてけるかも

北原白秋

『雲母集』(大四)所収。「利休鼠」は色の名。緑色を帯びた灰色に利休色があり、それがねずみ色を増したのが利休鼠。この色名は、白秋自身が島村抱月から芸術座音楽会のために依頼されて作詞した舟歌「城ケ島の雨」の、「雨はふるふる城ケ島の磯に　利休鼠の雨がふる」で一躍有名になった。大正二年神奈川県三浦三崎に住んだ当時の作。生活は困窮していたが、雨にも命名するのが詩人だった。

雨の音（おと）のきこゆる窓はさ夜ふけてぬれぬにしめるともし火の影

伏見院

『玉葉集』巻十五雑歌二。鎌倉後期代表歌人の伏見院は、藤原（京極）為兼が興した新歌壇の中心にあって玉葉・風雅両集の歌風を先導した。鎌倉初期の後鳥羽院に次ぐほどの天皇歌人で、情緒のとらえ方に秀でていたことは右の歌からもよくわかる。この歌は歌会で院が出題、人々が競詠した中の一首で、題は「雨中灯」。雨の夜のしだいに更けゆく情感を、灯火が濡れもしないのに湿ってくるという感じ方でとらえ、夜の美を発見している。

砥（と）ぎてもつ厨刀（ちゅうとう）青き水無月（みなづき）や何わざのはて妻（め）とはよばるる

馬場（ばば）あき子（こ）

『桜花伝承』（昭五二）所収。歌の前半と後半の間に深い沈黙がある。下句はあたかも砥ぎ澄ました刀の一閃（いっせん）のように、読む者に向かって突き出されている。この作者の歌には、早い時期から、比喩的にいえば刀を念じ、刀を呼んでいるような歌がかなりあった。それは女という存在をめぐる女性の立場からする思索と不可分のことだった。作者の場合、刀はもちろん女の情念の象徴だが、他方知性の象徴でもある点が特徴的である。

みどり児の重さをかひなは記憶せり赤枇杷(あかびは)一枝(いっし)宙に撓(たわ)めり

稲葉京子(いなばきょうこ)

『しろがねの笙』(平元)所収。歌の発想の順序からすれば下句が先。一本の枝に枇杷の実がたくさんなって、枝がたわんでいる。それを見た瞬間、わが腕に一つの重みの記憶が甦ったのだ。母として抱いたみどり児の重さ。枇杷の枝と人間の腕と。植物と人の間に一瞬にして交感が生じる。それは女性にふと訪れる世界把握の一瞬ともいえる。繊細な感性が知的骨格の確かな現代の歌をうたっている。

ゆらゆらと朝日子(あさひこ)あかくひむがしの海に生(うま)れてゐたりけるかも

斎藤茂吉

『あらたま』(大一〇)所収。「朝日子」の「子」は子供の意ではない。朝日への、親しみをこめた古代の愛称である。しかし東の海に日が昇ろうとしている情景を詠んだこの歌で、わざわざ朝日子が「生れて」と言っているのは、作者の中に赤児の誕生を迎えるように朝日に対している気持ちがあることを感じさせる。「ひむがし」にせよ「けるかも」にせよ、古語を巧みに活かして用いているのはさすが。

晩夏光おとろへし夕　酢は立てり一本の甕の中にて

葛原妙子

『葡萄木立』(昭三八)所収。破調。五七五七七の定型ではない。しかし不思議に収まりがいい。「夕」で一字分切れているのは、「酢は立てり一本の」と続く息遣いで読まれることを期待しているからだろう。作者の歌の世界では、しばしば物が考えたり憂愁に沈んだりしている。この甕の酢も晩夏の衰えた光の中で孤独に直立する。「うすらなる空気の中に実りゐる葡萄の重さはかりがたしも」

あはれにもほのかにたたく水鶏かな老のねざめの暁の空

後鳥羽院

『遠島御百首』所収。鎌倉幕府打倒に失敗、隠岐に遷され、六十歳で崩じるまでの十八年を配所で送った後鳥羽院の晩年の一首。水鶏は夏の夜や明け方、水辺の草むらなどでカタカタというふうに聞こえる高声で鳴く。それが戸を叩くようなので、「水鶏たたく」という。平安朝以来、恋うたにも、また夏の短夜の情緒をいうにもよく詠まれた鳥。強烈な個性をもつ帝王歌人だった院の、しみじみとした老境の吟詠。

村雨のふる江をよそに飛ぶ鷺のあとまで白きおもだかの花

正徹

『草根集』所収。「ふる江」は「降る」と「古」、「あと」は「跡」と「後」の掛け詞。オモダカ(沢瀉)は夏に三弁の白い花を咲かせる水辺の草だが、ここではその花の白と白鷺の白が、重なり合いつつ別々に独立し、オモダカの花の白さが浮き立ってくる造作になっている。歌の前半は古江に降る驟雨が、いかにもうら寂しくくすんでいる。だからこそ後半での花の白さが、一層鮮やかに引き立つ。

わがをればわがをるところまがなしき音に出でつつ見ゆる渓川

若山牧水

『さびしき樹木』(大七)所収。牧水は上記歌集を出したころ、東北・関東の峡谷沿いの旅にのめりこみ始めていた。芭蕉のいう「そぞろ神」がこれほど深くとりついてしまった近代歌人は他にない。彼はひたすらミナカミ(水上)、つまり源流を求めて歩く孤独な旅人だった。「まがなしき」は、いとしくてたまらないの意で、常住坐臥、渓流が清らかな音を立てては目に浮かび、彼をいざなった。

ゆふだちの雲もとまらぬ夏の日のかたぶく山に日ぐらしの声

式子内親王

『新古今集』巻三夏。「雲もとまらぬ」はだいぶ下の「山」にかかる。中間にもう一つ、夏の日が傾いて夕暮れを迎えた山の情景が挿入されているのが、この歌の構造である。夕立を降らせた雲が足早に山の頂を過ぎてゆき、そのあとに現れた夏の太陽もすでに西に傾きかけている。その山の森陰で、ひぐらしがしきりに鳴いている。全体、動きのある表現を重ねつつ涼しさを引き出す、渋い技巧の歌。

郭公(くわつこう)のしきりに鳴けるこの夕べ幻の尾のさまよふごとし

前(まえ)登志夫(としお)

『鳥獣蟲魚』(平四)所収。作者は吉野に住む歌人なので、鳥の声をこのように聞く機会も都会人に較(くら)べればずっと多いに違いない。日暮れ方、繁り合う木々の中で郭公がしきりに鳴くとき、その響きは深いこだまとなって聞く人の心にしみ透る。甲高い鳥の声がしだいに瞑想的な気分へと人を導くのはふしぎだ。時間の底まで誘われてゆくようなその気分を「幻の尾のさまよふごとし」と危うく言いとめたのである。

風はやみ雲の一むら峰こえて山みえそむる夕立の跡

伏見院

『玉葉集』巻三夏。「遠夕立」の題詠。玉葉・風雅時代の大きな特徴は、自然界を動態としてとらえる傾向が強まり、風景描写に生気が吹きこまれた点にある。伏見院はその第一人者といってよかった。院が歌の師藤原(京極)為兼に命じて『玉葉集』を勅撰したのは、日本詩歌史上の大功績だった。夕立の後、風が疾走し、雲の一群が峰を去る。ふと遠山の輪郭があざやかに浮き立って見えてくる、その快さ。

土耳古青(とるこあを)となりたる山の四時過ぎにげにすなほなる食欲ありぬ

斎藤史(さいとうふみ)

『うたのゆくへ』(昭二八)所収。上記歌集には、現代の傑出した女性歌人としての作者を銘記させた歌、「白きうさぎ雪の山より出でて来て殺されたれば眼を開き居り」があるが、作者が信州へ疎開・定住し、きびしい生活環境を生き抜いてきた強靭さは、その歌に歴然としていた。トルコ石にも似た青緑色を呈する午後四時すぎの山並み。その描写である上句に対して、取り合わされた下句は意表をつく、その自然さによって。

夏帽のへこみやすきを膝にのせてわが放浪はバスになじみき

寺山修司

『空には本』（昭三三）所収。かつて近代短歌創始時代の明治三十年代から四十年代にかけて、短歌は文句なしに青年のものだった。大正・昭和と青年の歌は低いつぶやきになり、暗さを増した。戦後半世紀を経た目でみると、寺山修司の初期短歌には、久しぶりに短歌世界に甦ったういういしい青春があった。彼は病身で貧しくもあったが、歌はまだ健康だった。映画の一シーンを演じているような自己演出のみごとさもあった。

髪に挿（さ）せばかくやくと射る夏の日や王者（わうしや）の花のこがねひぐるま

与謝野晶子

『恋衣』（明三八）所収。カクヤクは赫奕で、光り輝き（赫）さかんなさま（奕）。奕は呉音でヤク、漢音ではエキ。作者は音感の上からヤクを採ったのだろう。口をついて自然に出てきた滑らかな調子がある。これがすなわち「明星」全盛期の歌だった。「鎌倉や御仏なれど釈迦牟尼は美男におはす夏木立かな」。どんな対象でも、詠めばそのまま作者自身の若さへの讃歌となった一時代を、いわば象徴的に示している歌だろう。

すき透る蜘蛛(くも)をかかへし黒き蜂たたみの上をしばらく飛びき

相良(さがら)　宏(ひろし)

『相良宏歌集』(昭三一)所収。大正十四年に生れ、昭和三十年に三十歳で死去した作者は、工業専門学校在学中に結核にかかり、以後療養生活に終始した。結核による療養歌人の、最後の、そしてたぶん最良の歌人だった。アララギの流れを引く「未来」の創刊同人だったが、写実を基礎に、命のはかなさと揺らぎを歌って、右に出る者がなかった。この歌でも、対象を見つめる目は、哀しいほど澄明。

毒だみの咲けば遥かの病歴も後(あと)いくばくのいのちもおぼろ

滝沢(たきざわ)　亘(わたる)

『断腸歌集』(昭四一)所収。この作者も前掲の相良宏と同じく、大正十四年の生れ。結核のため学業を中断され、以後四十一歳で死ぬまで病床にあった。歌風は病への息づまるような凝視に終始した観があり、闘病生活の孤独な内面が克明に歌われている。そのはてに、放心したようなこの歌があった。毒だみは夏きれいな白い花を咲かせる。そのために一層哀切な余情がある。実際作者にとって、万感こもごもの「遥かの病歴」だった。

蜩(ひぐらし)は梢(うれ)うつりゆくしかすがにきれぎれの夏をわれは生きむ

塚本(つかもと)邦(くに)雄(お)

『されど遊星』(昭五〇)所収。下句は六音。この歌に整然たる論理的解釈を下すことはできまい。「しかすがに」は元来「それはそうだが、しかし」と、上の事柄を肯定しながらも別の判断を示すときに用いられる副詞だが、この歌ではそこのつながりが不分明だからである。それを乗り切ってあえて感性に訴えるのが、作者得意の幻術で、「きれぎれの夏」と蜩の声が微妙に照応し、世紀末の調べをかなでる。

ほととぎす雲井のよそに過ぎぬなり晴れぬ思ひの五月雨(さみだれ)のころ

後鳥羽院

『新古今集』巻三夏。古典和歌の時代、ほととぎすは夏が来ればその声を聞きたい鳥の筆頭だった。早朝から胸躍らせて待つ鳥だった。しかしこの後鳥羽院の歌の調子はむしろ沈痛である。伊勢神宮に奉納した一首だが、その歌で「晴れぬ思ひ」を告白しているのは目を引く。院は当時二十九歳。のち鎌倉幕府打倒の軍を起こし(承久の乱)、失敗して隠岐に流される運命まで、予感しているような。

吹風は涼しくもあるかおのづから山の蟬鳴て秋は来にけり

源実朝

『金槐集』所収。実朝は鶴岡八幡宮に詣でた帰途、兄頼家の遺児公暁に暗殺された。満二十六歳。北条氏の傀儡同然だった憂鬱な貴公子は和歌に熱中し、少年のころ献上された『新古今集』に多くを学んだ。右の歌は新古今の藤原清輔作「おのづから涼しくもあるか夏衣ひもゆふぐれの雨の名残りに」に学んでいるだろうが、較べてみれば実に素朴な歌。「蟬のなくをきゝて」とある。ひぐらしだろう。

章魚を逃がし海を覗けば章魚が歩行くほかに何にもなかりけるかも

北原白秋

『雲母集』(大四)所収。白秋は大正二年五月から翌年二月まで、三浦半島南端の三崎町で田園生活をした。有名な恋愛事件の相手松下俊子、ついで白秋の父や弟らも来て同居した。この時期の彼の短歌が『雲母集』だが、新生を決意して渡った海辺の生活は結局失敗し、俊子とも離別する。白秋受難の期間だった。しかし歌集には右のような、当時の生活の寂しい実情をすなおに詠んだ印象的な歌がある。

夕立のまだ霽れやらぬ山の端におのれさやけく飛ぶ蛍哉

後鳥羽院

『後鳥羽院御集』所収。後鳥羽院の生涯最大の業績は『新古今集』の完成だった。院の作歌活動は二十歳ごろから隠岐で十八年の幽閉生活の果てに崩御する六十歳まで、約四十年に及ぶ。その間、鎌倉幕府討幕のため挙兵（承久の乱）したが、敗れて隠岐に配流となった。流されて後も新古今集編纂に情熱を傾ける。右の歌は元久二年の作なので、まだ二十代半ば、さすがにさわやかで、詠みぶりの快い歌である。

水甕を跳びそこなひし子猫なれば睡蓮の花と顔が並ぶも

加藤楸邨

『加藤楸邨全集』第四巻（昭五七）所収。びっくりした子猫が、睡蓮の花と顔をそろえている情景はおかしい。取り合わせが絶妙。楸邨は一流俳人で同時に一流歌人だった、当代稀有の人である。彼は大正の初期から晩年まで、折にふれて短歌を作った。優に歌集が編めるほど短歌を作った人だった。斎藤茂吉に傾倒していた。右の歌はたぶん生涯最後の短歌と思うが、それがこのように愉しい作だったのはおみごと。

山空をひとすぢに行く大鷲の翼の張りの澄みも澄みたる

川田　順

『鷲』(昭一五)所収。作者は八十四歳で没したが、その生涯は波乱が多かった。東宮侍講であった川田剛を父とした関係もあったろうが、歌人としての皇室との関係には親密なものがあった。財界人としては住友コンツェルンの重要な存在となる一方、私生活でも、戦後まもないころ、初老期の恋愛問題で社会の注視を集めた。しかしその歌は、気力が充実し、観察がこまかく、爽快な調べをもつ点に顕著な特長があった。

少年のわが夏逝けりあこがれしゆえに怖れし海を見ぬまに

寺山修司

『空には本』(昭三三)所収。あこがれるがゆえに近づくことさえできない、という心理は、若い人の恋愛をはじめ、いろいろな場面で生じうる逆説のひとつである。並はずれた勉強家だった作者は、こういう逆説を鮮やかに表現することに特別熱心で巧みだった。海にあこがれるがゆえに海を怖れるという逆説が、「少年のわが夏逝けり」の嘆きと重ね合わせになっている点に、この歌の魅力がある。

垂乳根(たらちね)の母が釣りたる青蚊帳(あをがや)をすがしといねつたるみたれども

長塚　節

『長塚節歌集』(大六)所収。正岡子規が格別の親しみをもっていた門弟の一人が節だった。師の没後、節も喉頭結核になる。明治末年から大正四年初頭まで入・退院を重ねて遂(つい)に没した。晩年「鍼の如く」二三一首の代表作がある。右はその一首。病院から病苦と失恋に耐えかねて一時自宅に逃れた時の歌。母親のつってくれた青蚊帳、ああすがすがしいと身を伸ばして寝る。おっかさんの力では蚊帳もたるんでるけれど。

春秋の色の外(ほか)なるあはれかな螢ほのめく五月雨(さみだれ)の宵

式子内親王

『式子内親王集』所収。日本の四季では古来春と秋がとりわけ愛されてきた。天候も気候も、日々変容するさまがそのままで新しい美観となる。式子内親王という女性は、この種の感覚をとらえるのに特別にすぐれていた人だった。つまりそれを言葉にする才能の敏活な働きに恵まれていた。右の歌では「春秋の色の外なるあはれかな」と五月雨の宵の蛍を言いとめたのが心にくい。「外」一語がこんなにも生きていて。

さびしさに北限ありや六月のゆふべ歩けど歩けど暮れず

栗木京子

『夏のうしろ』(平一五)所収。平成十五(二〇〇三)年度の第八回牧水賞受賞歌集。大学で生物物理を専攻したが、現在は「専業主婦」という。作風は理知的で、しかも豊かな感受性を示し、歌壇の注目される中堅。「死真似をして返事せぬ雪の午後　生真似をするわれかもしれず」「大統領の妻はなにゆゑいつ見ても笑顔であるか次第に怖し」などの歌は、作者の感受性が鋭敏に目覚めていて、おのずと批評性を帯びていることを示している。

群りて逃げて行きしが群りてとどまれる見れば鮒の静けさ

若山牧水

『黒松』(昭一三)所収。作者牧水の没後出た遺歌集。牧水の晩年は酒を飲むというより呑まれているような、凄惨なアルコール中毒症状を呈していた。「足音を忍ばせて行けば台所にわが酒の壜は立ちて待ちをる」。不世出のうたびとが、元来そんなに強くなかった酒を、無理を重ねて飲み続けた結果、あたら四十四歳で世を去った。それだけに、晩年身近の魚類など小動物を詠んだ歌には、心安まる観察があって見逃せない。

霍公鳥いたくな鳴きそ独居て寝の宿らえぬに聞けば苦しも

大伴坂上郎女

『万葉集』巻八。万葉の昔には夏を迎えるころ山野で時鳥が鳴きしきったようで、この鳥の鳴き声は人恋しさを誘うというので、恋ごころと結びついている古歌がじつに多い。右の歌の作者は万葉集の中で男女を問わず代表的な位置にいた女性。豪族大伴家を代表した人で、魅力的な女性だったらしい。大伴旅人の妹、家持の叔母。三回結婚している。長歌、旋頭歌、短歌と三種の歌体を駆使した人は、女性では彼女一人。

一枚の水つらぬきて跳ね上がるイルカをけふの憧れとせり

横山未来子

『横山未来子集』(平一七)所収。歌集の略歴によれば、作者は小学生のころから虚弱だったため、学校時代は苦労したようだ。外出時には電動車椅子を使う。二十歳の時受洗。短歌を作りたいと多くの人の歌集を読む。「心の花」の会員となり、積極的に歌人たちとも交流しているようだ。以上の事実を知れば、右に掲げた歌で、跳躍するイルカへの憧れを詠んでいるわけもわかろう。一九七二年(昭和四十七)生まれ。旺盛な活動に期待する。

魚摑む鳶の脚見ゆ美しきとはその筋力とおもひみてゐき

百々登美子

『風鐸』(平一七)所収。ゆっくりと空高く舞っている一羽の鳶が、すばやく舞い降りて魚をひっつかむ。作者は鳶の脚をほれぼれと見あげるが、そのとき「美しき」(美しい)と自分を感動させたのは、鳥の「筋力」なのだと思いながら見ていた、という歌。「美しい」のは「物」ではなく、「筋力」という「働き」そのものだということに、清朗な自然界の中で、今さらのように気づかされる。そのこころよい目ざめ。

或る星をみつむる思ひ足病みて童仲間に紛らひゆかぬ子

島田修二

『花火の星』(昭三八)所収。私はこの作者と同時に読売新聞社に記者として入社した。私は十年で退社したが、その後島田も作歌に専念すべく、同様に退社した。彼は昭和三年生まれで、軍国少年の秀才として海軍兵学校に入学、同校のある江田島で広島への原爆投下を目撃した。人柄は沈着冷静だが、沈鬱な印象を与えた。それは右の歌にあるように、子息が障害を持って生まれたことに、深く影響されていたのかもしれぬ。

神は無しと吾(われ)は言はねど若(も)し有ると言へばもうそれでおしまひになる

安立(あんりゅう)スハル

『この梅生ずべし』(昭三九)所収。若くして病弱だったということ以外、私は作者のこまかい経歴を知らない。現代歌人には珍しい詠みぶりの女性だと思ってきた。「金にては幸福は齎(もたら)されぬといふならばその金をここに差し出し給へ」。ズバッと要点を突く人だと思う。右の歌でも「神は無いなどと私は言わないが、もし神は有る、と言うなら、もうそれでおしまいになる」。人生に甘い夢など見ないと断固言い張る声。

暗道(くらみち)のわれの歩みにまつはれる蛍ありわれはいかなる河か

前　登志夫

『子午線の繭』(昭三九)所収。作者は若いころ現代詩を書いていた。『宇宙駅』という詩集もある。私もほぼ同じころ最初の詩集『記憶と現在』を出したので、この作者には同時代人という感じがある。その後作者は故郷の吉野にしっかと腰を据え、短歌作者として大成した。この歌は第一歌集の歌だが、吉野の暗い夜道で、自分にまつわり飛ぶ蛍を見ながら、「私はどんな河なのか」と問うた。宇宙的広がりの実感。

秋のうた

秋来ぬと目にはさやかに見えねども風のおとにぞおどろかれぬる
藤原敏行

『古今集』秋歌巻頭の立秋の歌。「おどろく」はにわかに気づく。まだ目にはありありと見えないが、ああもう風の音が秋をつげている。目に見えるものより先に、「風」という「気配」によって秋の到来を知るという発見が、この有名な歌のかなめである。つまり「時」の移り行きを目ではなく耳で聴き取る行き方で、より内面的な感じ方である。これが後世の美学にも影響を与えたのだった。

わが心なぐさめかねつ更級や姨捨山にてる月を見て
よみ人しらず

『古今集』雑上。信州更級郡姨捨山を月の名所として有名にした歌。都からの寂しい旅人が、美しさを通り越して凄味さえ感じさせるほどにさえざえと照る月を見あげて、思わずもらした嘆きの歌か。この古歌は同地方の棄老伝説と結びつき、老母を村の慣習通り山に捨ててきた孝行息子が、悲しみにたえきれず、この歌を歌って母を連れ戻しに行ったというよく知られた説話を生んだ。

やまかげの岩間をつたふ苔水のかすかにわれはすみわたるかも

良寛（りょうかん）

吉野秀雄編『良寛歌集』（昭二七）所収。良寛の歌では「霞立つながき春日を子供らと手毬（まり）つきつつこの日くらしつ」のような単純で気品ある歌が知られるが、こういう繊細で幽玄味ある歌も彼の本領を示す。「苔水の」は苔水のようにで、この第三句までは次句を引出す序。あのかすかな苔水のようにもひそかに、私は日々を住みわたっている。「すみ」は「住み」で同時に「澄み」。住ミと澄ミが交響し、心澄みわたって簡素に生きる喜びもおのずと歌われているのだ。

かすがの に おしてる つき の ほがらかに
あき の ゆふべ と なり に ける かも

会津八一（あいづやいち）

『鹿鳴集』（昭一五）所収。明治十四年新潟県生まれ、昭和三十一年没の歌人・書家。号秋艸（しゅうそう）道人。英文学者だが『万葉集』に学んで独自の歌人となる。奈良（南京（なんきょう））を酷愛し、奈良美術史研究においても卓越していた。右の歌、初出の第一歌集『南京新唱』（大一三）では「かすが野」「押してる」。後年、歌の声調を重んじる立場から表記に漢字を全廃、かな分かち書きに変えた。若草山の麓から西へ、春日野一帯に照り輝く初秋の月。「ほがらかに」の働きが肝心。

夕されば小倉(をぐら)の山に鳴く鹿は今夜(こよひ)は鳴かずい寝(ね)にけらしも

舒明天皇(じょめいてんのう)

『万葉集』巻八秋雑歌。万葉初期の歌の代表的なもの。「夕されば」は夕方になると。「小倉の山」は現在の奈良県桜井市の山とされる。平安京になってからしばしば歌われた京都の小倉山とは別。秋の鹿の哀切な鳴き声は古くから詩情をかきたてる題材として歌われた。妻恋いの哀しい命のよび声をそこに聞きとったからである。いつも鳴く鹿が今夜は鳴かないとなれば、それはそれで何かしら心ひかれ、山野の夜に息づく命に思いをひそめるのだ。

白雲(しらくも)にはねうちかはしとぶ雁(かり)のかずさへ見ゆる秋の夜(よ)の月

よみ人しらず

『古今集』巻四秋上。『古今集』ではこの歌の次に「さ夜なかと夜はふけぬらし雁がねのきこゆる空に月わたる見ゆ」がある。こちらは実は『万葉集』巻九に既出の歌である。この古歌を掲出の「白雲に」の歌と並べてみると面白い。全体に描写が大まかな万葉歌に比し、古今歌の方は高い空にかかる白雲と黒い雁の影との対比に焦点をしぼり、秋のさやかな月明の空を印象づける。技法にも時代の差があることがわかる。

寂しさはその色としもなかりけり真木立つ山の秋の夕暮

寂蓮法師

『新古今集』巻四秋上。新古今のいわゆる「三夕の歌」の第一。「三夕の歌」は、秋の寂寥の底に通常の美よりも一層深い美を見ている三首を並べている。真木は杉・檜など良材の総称、槙。秋の色といえば紅葉というのがまずは常識である。しかるにこの歌は、常緑の真木がしんと並び立つ秋山の夕べに、どこがどうと特定できない(「その色としもなき」)いわく言い難い寂寥相を見て、そのふかぶかとした美と幽玄味にうたれているのである。

心なき身にもあはれはしられけり鴫たつ沢の秋の夕暮

西行法師

『新古今集』巻四秋上。新古今「三夕の歌」の第二。「心なき身」は物の情趣を解し得ぬ身という謙辞とも、煩悩を脱した者という意味で出家の身とも解される。「たつ」には、鴫のたたずんでいる「佇つ」姿と、飛び立つ「立つ」姿とが重なっていよう。その鴫のほか何ひとつ動くものとてない沢田の、寂しさを極めた風景に、深い感動(「あはれ」)を覚えたのだ。鴫を見る自分と鴫たつ沢全体が一つに融けて天地の間に息づく。

見わたせば花も紅葉(もみぢ)もなかりけり浦の苫屋(とまや)の秋の夕暮

藤原定家(ふじわらのていか)

『新古今集』巻四秋上。新古今「三夕の歌」の第三。四季の美を代表する春の「花」(桜)、秋の「紅葉」、そんなものの影すらない秋の夕暮れの海辺。そこにはただ粗末なかやぶき屋根の小屋(「苫屋」)が立っているばかりである。言葉の素材としてはただそれだけの歌だが、心においては花や紅葉の艶(えん)よりも一層深い寂寥美をこの風景に見てうたれている。その意味で後世の定家崇拝者たちに注目され、有名になった歌。

紅葉(こうえふ)はかぎり知られず散り来ればわがおもひ梢(うれ)のごとく繊(ほそ)しも

前川佐美雄(まえかわさみお)

『大和』(昭一五)所収。作者は佐佐木信綱に師事する一方、昭和初年のプロレタリア文学運動や芸術至上主義、昭和十年代の日本浪曼派文学に関わりを持った。当時の動揺にみちた文芸思潮の混沌状態を、身をもって体験した歌人である。この優美な歌の「わがおもひ」も、すっくと梢さながら天をさしているわけではない。散る紅葉の限りなさが、思わずも、梢の先のように繊く尖ってうち震えるわが思いを誘うのだ。

経(たて)もなく緯(ぬき)も定めず少女(をとめ)らが織れる黄葉(もみち)に霜な降りそね

大津皇子(おおつのみこ)

『万葉集』巻八雑歌。天武天皇第三皇子。権力争いの政略のため、二十四の若さで悲運にも処刑された。詩才すぐれ、漢詩集『懐風藻』にも秀作を遺す。この歌は当時上流階級に流行していた道教の神仙思想を反映し、山には仙女(「少女(をとめ)」)が住むと見て、その仙女が縦糸も横糸もなく織りなしたみごとな錦、それがこの壮麗な一面の紅葉だという。結句は、霜よ降らないでくれ。調べのさわやかな張りに才能が光っている。

あかあかやあかあかあかやあかあかや　あかあかあかやあかあかや月

明恵上人(みょうえしょうにん)

『明恵上人集』所収。鎌倉前期に華厳宗中興の中心となった高僧・歌人。洛北栂尾(とがのお)高山寺に住した。日本美術史に名高い中世の絵、樹上座禅姿の明恵上人像(同寺蔵)については、知る人も多かろう。上人には睡眠時の夢の記録など、文学的・思想的にも注目すべき文業がある。「あか」は「明か」。語源は赤に同じ。月と完全一体の心。特異な表現法の歌だが、感動を赤裸に表そうとすれば、究極はこういう形にもなるという好例。

空きよく月さしのぼる山の端(は)にとまりて消ゆる雲のひとむら

永福門院(えいふくもんいん)

『玉葉集』秋。鎌倉時代後期の歌人。太政大臣西園寺実兼の娘で、伏見天皇中宮となる。当代の革新的歌風の指導者だった京極為兼に歌を学び、伏見天皇とともに『玉葉集』『風雅集』に秀歌を数多く残した。写実的な叙景歌の清新さは抜群のものがあり、この歌もその一つ。何の奇もない月の出の景だが、「山の端にとまりて」消える雲を見つめる観察の細やかさ、言葉の安らかさは非凡である。

あはれいかに草葉の露のこぼるらむ秋風立ちぬ宮城野(みやぎの)の原

西行法師

『新古今集』巻四秋歌上。吹きそめた秋風に、かつてはるばる旅した陸奥の宮城野を思い、そこに置いた露が一面にこぼれ散る美しさを思いえがく。今の気象条件では立秋はまだ夏のさなかだが、古歌で秋風が立つといえば、立秋時の秋の初風をさす。ああ、今年もまた物思わせる秋がきた、という感慨を旅への思いに託して歌ったのだ。歌枕としての「宮城野」は、萩などの秋草が一面に咲いている野を連想させる地名としてとくに愛された。

置くとみし露もありけり儚くて消えにし人をなににたとへん

和泉式部

『新古今集』巻八哀傷。作者の娘小式部内侍は才色兼備の佳人だったが、出産のため若死にした。小式部は露の置いた萩を模様に織った着物を愛用していた。それを娘が仕えていた中宮彰子に遺品として奉るため、その着物に添えて奉った歌がこれ。かりそめに置くとみた露も、このように衣の上に残っています。命のはかなさにたとえられるのが常の露よりも、さらにはかなく消えた人を、いったい何にたとえたらいいでしょう。

秋彼岸すぎて今日ふるさむき雨直なる雨は芝生に沈む

佐藤佐太郎

『地表』(昭三二)所収。明治四十二年宮城県生まれの歌人。斎藤茂吉に師事し、茂吉に関する重要な著作がある。歌の中で、現実生活の細部から「発見」的な価値をもつ断面・瞬間を鋭敏に切り取ってくる。発見された現実の一瞬の姿が、一見したところありふれているようで実は非凡な把握を示すところに、作者の特色がある。この歌でも、「直なる雨」が「芝生に沈む」という下句は、確かな写生の背後に、作者その人を感じさせる力がある。

かたはらに秋ぐさの花かたるらくほろびしものはなつかしきかな

若山牧水（わかやまぼくすい）

『路上』（明四四）所収。長野県小諸の懐古園の石垣に、この歌の歌碑が埋めこまれているのは周知の所だろう。明治四十三年「九月初めより十一月半ばまで信濃国浅間山の麓に遊べり。歌九十六首」とある中の「小諸懐古園にて」とする作。早大時代からの友俳人飯田蛇笏（いいだだこつ）を甲州に訪ね、さらに信州をめざして小諸に至った。この歌、「ほろびしもの」を懐かしむ所には、むしろ溢れる青春の感傷があるのを見逃してはなるまい。

ながめつつ思ふも寂しひさかたの月のみやこの明けがたの空

藤原家隆（ふじわらのいえたか）

『新古今集』巻四秋上。藤原定家などとともに『新古今集』撰者の一人。「ひさかたの」は月の枕詞。下句は月の中に月宮殿という都があるとする中国の伝説をふまえている。明け方まで月をながめあかしつつ、月の都の夜明けの空を想像し、寂しさを感じているところに、題材・詩情の珍しさ、清新さがあった。月の都にもあるいは空を見上げている者がいるだろうかと。このあこがれと空想には、寂しさだけでなく、優艶さもある。

群雀(むらすずめ)声する竹にうつる日の影こそ秋の色になりぬれ

永福門院

『風雅集』巻五秋上。「梅に鶯」「竹に群雀」といった植物と生物の取合わせは、古くから日本の文芸・美術・工芸その他で愛好され、ついには陳腐なきまり文句にまでなってしまった。しかし鎌倉後期のこういう観察こまやかな歌を読むと、「竹に群雀」の取合わせがさすがにしっくり落着いているのに、あらためて感心する。きまり文句のようなものも、発生の根本に帰って見れば、新鮮な感動に根ざして生まれたものなのである。

白雲(しらくも)に心をのせてゆくらくら秋の海原(うなばら)思ひわたらむ

上田(うえだ)秋成(あきなり)

『つづらぶみ』所収。初秋のころ、琵琶湖畔に遊んで三井寺に月をめで、その翌朝、「あした湖上の楼に遊ぶ」と前書きがあるような行楽をして、この歌を作ったもの。「ゆくらくら」はユクラユクラ(ゆらゆら揺れて定まらぬさま)の省略形のように思われるが、ラを接尾語と見て、「往き来に」の意ととる解釈がある。詩としては、ユクラユクラの意にとる方が格段に広やかな気分で好ましかろう。小説家秋成は江戸期出色の歌人でもあったのだ。

物の葉やあそぶ蜆蝶はすずしくてみなあはれなり風に逸れゆく

北原白秋

『橡』(昭一八)所収。昭和十一年初秋の作。東京府下砧村成城(現在の世田谷区成城)の自宅の庭先、草花が咲く池のほとりで見た光景という。薄青い小さなシジミ蝶の群れが涼しげに飛びかいながら、葉にとまりそうになっては秋風に流されてゆく。「みなあはれなり」がよくきいている。描写されているのはたしかに現実の光景だが、作者が詠もうとしているのは、外界と自らの内心が一体化した所に湧きいでる生の哀しみ、いとしさの思いだろう。

わが撃ちし鳥は拾わで帰るなりもはや飛ばざるものは妬まぬ

寺山修司

『血と麦』(昭三七)所収。青春という言葉は近ごろ影が薄い。まじめに口にするには気恥ずかしさが先に立つという世の中の風潮によるのだろう。寺山修司のこの種の初期短歌を読むと、そのことをあらためて思わせられる。鳥は自由に空を飛んでいる時だけが真に撃つに値するのだ、というこの思想は、まさに青春の讃歌である。裏返せば他愛ない青年のおごりにすぎないようだが、しかもなお青春はそこに輝いている。

逢坂（あふさか）の関の清水（しみづ）に影見えて今やひくらむ望月（もちづき）の駒

紀（きの）　貫之（つらゆき）

『拾遺集』巻三秋。京から東国への山路にあった逢坂の関、そこの清水に影がさして、今ごろは引いていることだろう、望月から献上された名馬を、というのである。十二か月の季節の絵を描きわけた屏風絵に付ける屏風歌の一首で、この歌は八月の「駒迎え」を詠む。信濃の「望月」の牧から毎年駒が朝廷に献上され、逢坂の関が駒迎えの地だった。「望月」に地名と満月の意が響き合い、全体に絵画的効果満点で、貫之の作の中でも特に華やかさで知られている。

なにとなく君に待たるるここちして出でし花野（はなの）の夕月夜（ゆふづくよ）かな

与謝野晶子（よさのあきこ）

『みだれ髪』(明三四)所収。花野というと春の野を思う人も多いだろうが、俳句の季語としては秋の草花の咲き乱れる野辺をさす。晶子のこの歌では春秋どちらだったか、自歌自釈でもその点にはふれていない。歌はまだ彼女が鳳晶（ほうしょう）(鳳は彼女の実家の姓)として堺の生家で暮らしていた時期の作。「君」は乙女の夢想に現れる光源氏のような男性だろうか。優艶な歌だが、また自己讃美の気分も色濃く漂う。

ゆく秋の大和の国の薬師寺の塔の上なる一ひらの雲

佐佐木信綱(ささきのぶつな)

『新月』(大元)所収。奈良西の京の薬師寺東塔といえば、その姿を「凍れる音楽」などと形容した文人もいたほど有名な天平二年(七三〇)建立の古塔である。信綱はこの歌を、まず季節から歌い起こし、大和の国という大きな場から塔の上にかかっている一片の雲へと、しだいに焦点をしぼってゆく方法で、晩秋の旅情をそそる歌を作った。助詞「の」を連ねて季と景を結んでゆく軽快さが、明るい愛誦性を生み、信綱の代表作の一つとなった。

月読(つきよみ)は光澄みつつ外(と)に坐(ま)せりかく思ふ我や水の如(ごと)かる

北原白秋

『黒檜(くろひ)』(昭一五)所収。白秋は昭和十二年初秋から眼を病み、その原因をなした腎臓病と糖尿病のため、五年後の昭和十七年に逝去した。『黒檜』は発病後二年半の薄明境の歌を収め、晩年の名歌集として有名である。「月読」は月のことだが、元来月の神を意味した。この歌の気分もそれに近い。夜半、家の中で外の月光を想う時、半ばめしいた人に、月光は心の眼にますます澄んで見えたのだ。下句の静けさは尋常ならぬ心境を感じさせる。

天つ星路も宿りもありながら空に浮きても思ほゆるかな

菅原道真

『拾遺集』巻八雑。「流されはべりける道にてよみはべりける」とある。位人臣をきわめた右大臣から突如大宰権帥に落とされ、傷心の身を筑紫へ運ぶ途中の歌。天上の星には一定の運行の道もあれば一定の宿(星座を指す)もある。それでも夜空高く見あげれば、星はおのおの頼りなく空に浮いているようではないかと。星がおのずと道真自身を暗示して、思い深い歌である。古歌には珍しく星を歌っている。しかも背景に自然科学的認識があるのはさすが。

晴れずのみ物ぞかなしき秋霧は心のうちに立つにやあるらむ

和泉式部

『後拾遺集』巻四秋上。「題しらず」とある。秋霧が深く立ちこめている日、心の中にも重苦しい憂鬱の塊があるような気分になる。それを歌うのに和泉式部はいかにも彼女らしい率直な感想をすらすらと筆にした。すなわち彼女は、物哀しく晴れやらぬ秋霧を、「心のうちに立つにやあるらむ」というのである。一見平安女流の感傷的風景詩だが、目を自分の内側に真直ぐ振り向ける所は、どうしようもなく時代を超えている和泉式部の歌だった。

火の剣のごとき夕陽に跳躍の青年一瞬血ぬられて飛ぶ

春日井(かすがい)　建(けん)

『未青年』(昭三五)所収。沈みゆく夕陽にあかあかと照らされて青年が跳躍する。だが夕陽は「火の剣のごとき」夕陽である。青年があかあかと照らされているのも、火の剣に刺し貫かれ、「血ぬられて」いるからである。だからこの情景は実は極度に内面的な情景なのである。そしてこの跳躍する青年は、不可能な飛翔に挑んで人工の翼もろとも焼け落ちるギリシア神話のイカロスのように孤独であるだろう。

夕映えのてのひらのかく大(だい)にしてつつまれ透けりひとりひとりが

小池(こいけ)　光(ひかる)

『バルサの翼』(昭五四)所収。昭和二十二年宮城県生まれの歌人。夕映えに人々が包まれている情景だが、それを夕映えの掌がこんなにも大きいので、と把握した時、一首の歌が成立した。「いちまいのガーゼのごとき風立ちてつつまれやすし傷待つ胸は」が知られているが、いずれの歌の場合にも、歌はとらえ難い稀薄な気体のような軽さにおいて成立している。今日の若い歌人の一特徴として興味深い。

萩の花くれぐれまでもありつるが月いでて見るになきがはかなき

源　実朝

『金槐集』所収。「庭の萩わづかに残れるを月さしいでて後見るに、散りにたるにや、花の見えざりしかば」と詞書がある。「くれぐれ」は日の暮れがた。古代の万葉人は萩をいたく愛した。秋になると山野に遊び、競ってこの花を詠んだものだが、二十代半ばで暗殺された鎌倉三代将軍の若き日の萩の歌は、いかにもはかなくさびしげ。素直な詠みぶりの中にひやりとうつろなものが流れていて、心にしみる。

松風の音のみならず石ばしる水にも秋はありけるものを

西　行

『山家集』所収。歌の詞書によると、京の北白川で人々がつどい、「松風如秋」の題で歌を詠んだ。ついで「水声有秋」という題をもそれに重ねてみようということになった。そこで作ったのがこの歌、というのだが、一首、松風の音にも秋はある、それのみか激しくゆく水の声にももう秋は涼しく宿っているのだったよ、と。ほとんど題を重ねただけで秋冷の気を詠みすえている歌だが、結句「ありけるものを」の余情と含蓄は、余人の及ばぬ所だろう。

うたたねは荻吹く風に驚けどながき夢路ぞ覚むる時なき

崇徳上皇

『新古今集』巻十八雑下。「驚く」は目が覚めること。「うたたねの夢は外の荻の葉を吹く風の音にもはっと覚める。だが長い夜の夢の方は、いったいいつ覚めるというのだろう」。後段は仏典にいう「長夜ノ夢」のこと。人間が一生見続ける煩悩の迷いの夢をいう。一首全体としては、悟りの境地に達する困難さを嘆く歌だが、実感がこもっている。崇徳院はのち保元の乱で敗れ、讃岐の配所で憂悶と孤独のうちに崩御した。上田秋成の『雨月物語』の「白峯」参照。

時わかぬ波さへ色にいづみ川ははその森にあらし吹くらし

藤原定家

『新古今集』巻五秋下。「いづみ川」は山城(京都南部)を流れる木津川の称。大意は「波の色は季節によって区別があるわけでもないのに、その波さえ色づいてくる泉川(色に「出づ」と「いづみ」の懸け詞)よ。さぞや上流のハハソ(ナラやクヌギの総称)の森では嵐が吹いているのだろう」。色づいた落ち葉が川面をゆく美観を歌っているが、「時わかぬ波さへ色にいづみ川」の圧縮と含蓄は、さすが定家卿。

地にわが影空に愁（うれひ）の雲のかげ鳩よいづこへ秋の日往（い）ぬる

山川登美子（やまかわとみこ）

『恋衣』（明三八）所収。歌集『恋衣』は登美子・増田雅子・与謝野晶子の「明星」三女流競詠の合著。晶子の詩六編も含まれ、中の一つがかの「君死にたまふことなかれ」。時は日露戦争の最中で、山川・増田両名は、この歌集刊行計画により日本女子大の停学処分を受けた。彼女らの歌の基調は右のように甘美な浪漫的情緒にあったが、そんな情緒そのものが、戦争遂行一色の社会の中では異端視されたのである。

あはれさもその色となきゆふぐれの尾花がすゑに秋ぞうかべる

京極為兼（きょうごくためかね）

『風雅集』巻五秋上。「その色となき」は「はっきりその色と言うことができぬ」の意。見まわしてみて、これぞ秋のあわれ、と言えるような際立った情景とてどこにもない夕暮れだが、ふと見れば、風にそよぐひとむらの薄（すすき）の穂先に、ああ、秋が浮かんでいるではないか。「あはれさもその色となき」「秋ぞうかべる」などの抽象的な表現は、意識して具象性を排し、微妙な感覚そのものに迫ろうとする中世和歌の新風だった。

夏刈りの蘆(あし)のかりねもあはれなり玉江(たまえ)の月の明け方の空

藤原俊成(ふじわらのしゅんぜい)

『新古今集』巻十羇旅(きりょ)。「かりね」は「刈り根」と「仮寝」のかけことば。夏刈りの蘆の刈り根が広がる、その名も玉江という美しい入り江。旅の仮寝の夜明けの空に、秋の月がかかっている。古典和歌の旅の歌は、現実にその土地で詠むよりは、地名にひかれて空想の旅をしたものが多かった。これもその一つだが、調べの麗しさはまさに俊成。『後拾遺集』源重之の「夏刈の玉江の蘆を踏みしだき群れゐる鳥の立つ空ぞなき」という秀歌を踏んでいる。

行くほたる雲の上まで往(い)ぬべくは秋風吹くと雁(かり)に告げこせ

在原業平(ありわらのなりひら)

『後撰集』巻五秋上。業平の歌は平安朝和歌全体を通じて、喜怒哀楽、願望詠嘆の表現の最も鮮明なもの。その点で彼に匹敵するのは、百数十年後に出た女性歌人和泉式部だけだろう。この歌にも線の太い業平がいる。夏の終わりの蛍への呼びかけ。「立ち去る蛍よ、雲の上まで往こうというのなら、空の雁に伝えてやってくれ、地上にはもう秋風が吹いていると」。コセは「してくれ」と願望の意を表す上代の助動詞。

秋さらば見つつ思へと妹が植ゑし屋前のなでしこ咲きにけるかも

大伴家持

『万葉集』巻三挽歌。秋がきたらこれを見て私をしのんで下さいと、妻は庭になでしこを植えた。その花が咲きはじめたのに、妻はもうこの世にいない。この歌は家持二十代はじめの時期の作で、相手がどういう女性だったかは「亡妾」とあるだけで不明。当時の法制大宝令では、「妾」は戸籍に登録もされる公認の存在だったようだが、家持はこの人の死をひどく悲しみ、繰り返し挽歌を詠んでいる。

ゆくへなく月に心のすみ〳〵て果はいかにかならんとすらん

西行

『山家集』秋。西行は花(桜)と月の歌で有名だが、それは彼が花・月を通じて人の命と自然との純化された関わりをうたいあげ得たためである。花も月もその意味では彼の命が外に溢れ出た別の姿ともいえる。この歌で澄んだ月に見入っている心は、月と一体になり、澄みに澄み、はては心それ自身の行方さえ見失ってゆく心という境地にある。迷いや心細さの表現ではない。空を漂い渡る心の月。

はるかなるもろこしまでも行くものは秋の寝覚めの心なりけり

大弐三位（だいにのさんみ）

『千載集』巻五秋下。「百人一首」で愛誦される「有馬山猪名のささ原風吹けばいでそよ人を忘れやはする」の作者はこの人。父藤原宣孝、母紫式部。母と同じく一条帝中宮彰子に仕え、親子二代にわたって文才をうたわれた。秋の寝覚めの快さを、心が遥かな唐土にまでもゆく思い、と詠んだ。着想の大らかさに加えて、何よりも歌の調べがいい。『千載集』撰者の俊成は、秋を詠んだ歌のうち後半を収めている巻五の巻頭にこの歌をすえた。

大門（たいもん）のいしずゑ苔に埋（うづ）もれて七堂伽藍（しちだうがらん）たゞ秋の風

佐佐木信綱

『思草』（明三六）所収。上記歌集は佐佐木信綱二十代の歌を収めた第一歌集。父弘綱と『日本歌学全書』十二冊を共編したのが十八、十九歳の時という大変な俊才で、父の病没のため同全書の『万葉集』三冊はうら若い青年信綱が校訂、世に送った。万葉学の泰斗の誕生がそんな具合だったから、廃寺の大門を詠んだこの歌も古都奈良かと想像するが、これは奥州平泉の毛越（もうつ）寺廃趾。秋の遊子の愁情である。

柿の実のあまきもありぬ柿の実の渋きもありぬ渋きぞうまき

正岡子規（まさおかしき）

『竹の里歌』(昭三一)所収。子規と交友のあった京都の歌人天田愚庵（あまだぐあん）が、人に託して子規に柿を贈った。子規はお礼の句を作ったが、投函せずにいるうち、愚庵の方から「正岡はまさきくもあるか(元気でいるのか)柿の実のあまきともいはずしぶきともいはず」と安否を問う歌が柿の仲介者に届いた。そこで子規は歌六首を新たに詠んで礼状としたが、これはその一首。子規の贈答の作は、飾り気ない人柄と即興性がかわらぬ魅力。

妻恋ふる鹿の鋭声（とごゑ）におどろけばかすかにも身のなりにけるかな

源俊頼（みなもとのとしより）

『散木奇歌集』第三秋。鹿に関わる季語はいろいろある。角だけでも、「落とし角」は春、「袋角」は夏、「角切り」は秋。単に「鹿」といえば秋の季語。それは秋が鹿の恋の季節であり、牡が牝を呼ぶ強く高い声の哀愁が、いかにも季節のあわれを尽くした感じがあるからだろう。右は歌詞の新しみを追求して平安後期和歌に革新の種をまいた歌人の作。恋する鹿の声に、自分まで「かすか」になってゆくという感覚は鋭い。

小山田(をやまだ)の庵(いほ)近く鳴く鹿の音(ね)におどろかされて驚かすかな

西行

『新古今集』巻五秋下。秋の野山に鳴く鹿といえば恋する鹿の哀れを思うのが、古典詩歌の常識的美感だった。西行はここでやすやすとその常識を破っている。「庵」は田を見張る小屋。「おどろかされて」は目を覚まされてで、鹿の鋭い声で目を覚ました番人が、引板(ひた)などを鳴らして逆に鹿を驚かし、追い払っている情景である。オドロカスの語の二様の意味を活かし、常識的美感を裏返した。

郊外や見まじきものに行き逢ひぬ秋の欅(けやき)を伐りたふし居り

若山牧水

『秋風の歌』(大三)所収。牧水は晩年沼津海岸の有名な千本松原の一隅に住んだ。松原の一部を静岡県が伐採しようとした時、じっとしていられず、立ってこの伐採がいかに理不尽な暴挙であるかを説く論陣を張った。計画は中止された。樹の命を深く愛し畏れた詩人である彼の旅が、観光旅行とは全く類を異にしたのもそのためだった。この歌はずっと若いころの作。欅の悲鳴を彼だけが聞いている。

深き山にすみける月を見ざりせば思ひ出もなき我が身ならまし

西　行

『風雅集』巻六秋中。「すみける」のスミは「住み」と「澄み」だろう。また「住み」の主語は西行自身だろう。自分が人里離れた深い山に住んだこと、そこで澄んだ月を愛でたこと、この二つを重ね合わせた語法と考えられる。あの深山の澄んだ月をもし見なかったら、私には他に思い出一つなかっただろうという。さらりと詠んであるが、立ち止まって読み直せば、これはなんという孤独な魂の歌か。

父のごと秋はいかめし／母のごと秋はなつかし／家持たぬ児に

石川啄木

『一握の砂』(明四三)所収。啄木は北海道から上京後日も浅い明治四十一年九月、親友で庇護者でもあった国語学者金田一京助と共に本郷の蓋平館に移った。『一握の砂』の「秋風のこころよさに」一連は当時の作で、この心淋しい歌もその一首。「こころよさ」とはいうが東京の秋風は身にしみていた。「あめつちに／わが悲しみと月光と／あまねき秋の夜となれりけり」。啄木の歌の常で、口調は快いが心は重い。

びるばくしやまゆねよせたるまなざしをまなこにみつつあきののをゆく

会津八一

『鹿鳴集』(昭一五)所収。「戒壇院をいでて」と前書き。東大寺戒壇院の四天王像は彫刻史上の傑作で、その一体「びるばくしや」(毘楼博叉)は「広目天」の梵名。眉根を寄せ、遥か彼方を見つめる厳しい表情である。その広目天のまなざしを眼中に描きつつ、秋の野を歩む旅人。作者は奈良の知人たちから、この仏像の目つきにそっくりの目をしているといわれ、自認もし、多少は得意でもあったらしい。

むかし世は蜻蛉にて候　空をゆく雲とならむののぞみ放たず

山中智恵子

『夢之記』(平四)所収。「むかし世」は「昔の世」と同義の使い方だろう。前世とか前生の意の古語的用法。作者は、古典詩歌の世界に没頭している点では現代歌人随一の作者だが、ここでは能楽風の語りにことよせてこの世ならぬ世界への憧れを歌っている。初句を七音で起こしている次の歌の妖艶体にも、哀切感が漂う。「鰶の字のあはれはかなき夏の夜の酢にひたしつつひとを思はむ」

息づいてエレベーターに押されいる我は細かい実(み)をつけた枝

安藤美保(あんどうみほ)

『水の粒子』(平四)所収。作者は平成三年、お茶の水女子大学大学院に在学中、比叡山周辺への研修旅行で登山路から転落、事故死した。新古今歌人藤原良経を専攻したというが、歌集の詳細な年譜によると、少女時代から豊かな芸術的感性と意欲の人だったようで、二十四歳での夭折は痛ましい。右の歌にも外界への反応に鋭い感覚が見られる。「君の眼に見られいるとき私はこまかき水の粒子に還る」

いづかたの雲路と知らばたづねましつらはなれけん雁(かり)が行方(ゆくへ)を

紫式部(むらさきしきぶ)

『千載集』巻九哀傷歌。どこの空を飛んでいるのかわかるなら尋ねて行きたいものだ、列(つら)からはぐれてしまったと聞く雁の行方を、の意。詞書に、遠い所へ旅した人が亡くなったと、都に帰ってきたその人の親兄弟から知らされ、この歌を贈った、とある。歌人としての紫式部は、人生の悲哀・憂愁を詠むとき特に心にしみる歌を作った。小説家紫式部を考える上でも、歌人としてのこういう特性は、無視できない点だろう。

見ればげに心もそれになりぞ行く枯野のすすき在明の月　西行

『山家集』所収。「見ていると、ほんとにそうだ、心もそれらと同じものになってゆく、枯野のすすきに、有明けの空の細い月に」というのだが、枯野のすすきも夜明けの空に残る月も、いわゆるもののあわれを感じさせる景物として古くからおなじみの題材である。こういう美意識がどこから来たのか考えてみると、西行のこの種の心境詩に到達するように思われる。心と物が一体化して無一物に近づいてゆく境地。

夕月夜心もしのに白露の置くこの庭にこほろぎ鳴くも　湯原王

『万葉集』巻八、秋雑歌。万葉集の有名な皇族歌人志貴皇子の子息がこの人。歌は十九首現存するが、心理の陰影の彫りが深い叙景歌に秀で、その作には万葉末期の歌の繊細な趣がよく出ている。「しのに」はしおれるほどに、というのだが、月光の庭に敷きつめた白露を見て「心もしのに」なってしまうという繊細さは、尋常ではない。こおろぎの声と作者自身の心の声とは、たぶんわかち難い。

秋の夜もわがよもいたく更けぬればかたぶく月をよそにやはみる

源頼政

『玉葉集』巻五秋下。宮中の鵺退治で有名な武人。平家追討の兵をあげて敗れ、宇治の平等院で自害した源三位頼政。平安末期はもとより、古今を通じて武人最高の詩人の一人だった彼の、しみじみとした述懐の歌である。「わがよ」のヨは、夜と齢を踏んでいるが、わが齢、わが命、わが生涯の意味。夜もふけ、わが齢もふけ、西に傾く月も、無縁とは思えないというのである。重い歌だが、調べは流麗。

こしかたはみな面影にうかびきぬ行末てらせ秋の夜の月

藤原定家

『玉葉集』巻五秋下。月をながめて人生を省みるなど、今ではまるではやらないが、中世の人々は思いをそんな所にもひそめた。秋のさえた月を見ると、過去のさまざまな出来事が鏡に映るように浮かんでくる、月よ、さらにこのはかない浮世の、未来までもその光で照らし出せ、と歌う。定家の歌としては格別技巧をこらしたものではないが、祈りにも似た静かな心のたたずまいが、むしろ印象的。

手紙かく少女の睫毛ふるふ夜壁に金魚の影しづかなり

吉岡　実

『吉岡実全詩集』(平八)所収。「歌集『魚藍』はぼくの十代後半の作品です。その頃、愛読した岩波文庫の『佐藤春夫詩鈔』、改造文庫の北原白秋歌集『花樫』の影響を認めることができます」と「あとがき」にある歌集『魚藍』は、昭和三十四年「晩婚の記念として」、発行者陽子夫人、私家版七十部限定で刊行、友人に贈られた。「あとがき」の簡潔さもいいが、この歌などには、名詩集『静物』がもう胚胎中。

あはれあはれ山に馳りし山の鳥人に喰はれてあとかたもなし

岡本かの子

『わが最終歌集』(昭四)所収。かの子が『鶴は病みき』で念願の小説家となったのは昭和十一年。もう四十代後半だった。それまでの人生・思想遍歴は、破天荒としか言いようがない。作家生活に入る七年も前に「最終歌集」と大胆に命名した歌集を出したのもその一つ。人に食われて跡形もないのは、山の鳥でもあればかの子自身でもあるのだろう。悲痛な運命。だが、あっけらかんの味わいは絶妙。

住みわびて身を隠すべき山里にあまりくまなき夜半(よは)の月かな

藤原俊成

『千載集』巻十六雑歌上。「山家ノ月といへる心を」詠んだ。「住みわびて」は俗世間に住むのが厭になって。身を隠そうと山中に草庵を結べば、かえって曇りない月にくまなく照らし出され、身を隠すべき場所さえない。隠れようとしたが逆にどこにも隠れる所はないという皮肉。もちろんこれはそのまま喜ばしい自然界への没入を意味する。見方によっては宗教的法悦境を詠んだ歌でもありうる歌。

父の背に石鹸(しゃぼん)つけつつ母のこと吾が訊いてゐる月夜こほろぎ

北原白秋

『雀の卵』(大一〇)所収。白秋は大正三年夏から六年夏に至る小笠原、麻布、葛飾各地の生活で得た歌を、『雀の卵』と題して刊行した。輝かしい名声の反面、生活は貧窮そのものだった。郷里柳河で破産し、上京した父母弟妹らを、筆一本で支えねばならなかった上、結婚生活にも難題が多かった。右の歌、貧しい生活を閑寂境へ転じようとして苦闘していた中年期の白秋が、素直に現れている。

街をゆき子供の傍を通る時蜜柑の香せり冬がまた来る

木下利玄

『紅玉』(大八)所収。「子供ゐてみかんの香せり駄菓子屋の午后の日あたらぬ店の寒けさ」など並んでいる。蜜柑が駄菓子屋でも売られていたころの光景。利玄自身の解説(「自分の歌の出来た境地」)では、この蜜柑は青蜜柑で、「その香の鋭く香り高く酸っぱく、新鮮なことはどうだ」と。蜜柑の好尚一つでも今は変わってしまった。香り低く、酸っぱさもなるべく押さえた「改良」版の天下。

この秋はせんべいを焼くどんづまりわが血を濃くし生きねばならず

坪野哲久

『北の人』(昭三三)所収。毅然たる精神の姿勢では、現代歌人中屈指の人だった作者だが、時にこのように妙に力瘤の入った奇嬌な歌も作った。「せんべいを焼くどんづまり」とは、暑い夏にじりじりと焼かれつくしたことを、端的に感覚に訴える表現で言ったのだろう。それが下の句の「わが血を濃くし」という決意の表現にも通じてゆくわけだが、もちろんこの比喩は、医師にとっては最悪の比喩。

ぞろぞろと鳥けだものをひきつれて秋晴の街にあそび行きたし

前川佐美雄

『植物祭』(昭五)所収。昭和初期のいわゆる新興短歌運動の驍将だった。短歌に感覚美や幻想性を華麗にとり入れ、歌壇外にも多くの愛読者を持った人。右の歌などの結句が、「あそびに」か「あそびながら」かあいまいな点も含め、一種舌足らずの表現さえも作品の魅力にしてしまう、時の勢いがあった。「床の間に祭られてあるわが首をうつつならねば泣いて見てゐし」のような歌の怪異趣味も作者の人気を支えた。

つぎつぎに供ふる草の花枯れて汝が骨つぼを秋の風吹く

吉野秀雄

『寒蟬集』(昭二二)所収。作者の最初の妻は太平洋戦争末期に病弱な夫、小さい子たち四人を残し、胃病で亡くなった。臨終に近いころの夫婦愛の歌など、胸をつく悲痛な作品で有名になった。夫人の没後も、骨壺を家に安置し、質素な秋草を供えていた。墓地を手に入れる余裕がまだなかったのだろうか。その草花もつぎつぎに枯れ、妻の骨壺は裸のまま、しだいに寒さを増す秋風の中にある。

ながむれば木の間うつろふ夕月夜やゝ気色だつ秋の空かな

式子内親王

『風雅集』巻五秋上。作者は鎌倉時代初期『新古今集』時代の代表歌人だが、右の歌は、ずっと後代の『風雅集』に収録されて今日に伝わった。式子内親王ほどの有名歌人だと、後世の勅撰集にもこうしてたくさん歌が拾われる。しかし拾われる歌におのずと時代の好みが反映するのは当然。この歌は自然界を気配や動きでつかむ、繊細で鋭利な感覚が、南北朝の対立時代を背景にもつ新時代に好まれたのだろう。「やゝ気色だつ」の表現の斬新さ。

やけあとの土に生れたる命かも夕べともしきこほろぎの声

三ケ島葭子

『三ケ島葭子歌集』(昭二三)所収。前回(『新折々のうた6』一一七頁)の四賀光子の歌同様大震災を詠むが、共通してコオロギを扱っているのが印象的なので引く。「ともしき」は「乏しき」で数少ないの意。「羨しき」とも同義だが、こちらは珍しくて心ひかれる意。この焼土からも、新しい命は誕生するのだ、という感動。作者は多病で、夫にも背かれ、孤独のどん底にあった。四十歳で脳溢血のため没したが、その歌には終生本質的な明るさがあった。

きのふこそさなへとりしかいつのまにいな葉そよぎて秋風の吹く

よみ人しらず

『古今集』巻四秋上。万葉集末期(八世紀半ば)と、古今集時代(十世紀初め)とでは、さすがに物の感じ方の違いが目立ってくる。万葉時代は対象を実地に見、感じたままを詠む行き方が当たり前だった。が、二世紀後には、心が感じる「時の流れ」に対象を浮かべ、過ぎゆく時間を含みこんだ物として対象を詠むように変わる。田植えしたのはつい昨日だったはず。それがいつのまにか稲葉そよぐ秋風の季節か、と驚く時の流れ。

秋の菊にほふかぎりはかざしてむ花より先と知らぬわが身を

紀　貫之

『古今集』巻五秋下。この歌の詞書に、「世の中のはかなき事を思ひける折に」菊の花を見て詠んだとある。人生無常の思いを感じる出来事があったのだろう。「にほふ」はあざやかに映えるの意で、「菊の花があざやかに映えている限りは髪の挿頭(かざし)にもしよう。この花より先に私自身が死ぬことだってありうるのが、人の命なのだから」と。人が花を愛する心の奥底にひそむ気持ちを、古代人はこのように表現していた。

つねに何処(どこ)かに火の匂(にほ)ひするこの星に水打つごときこほろぎの声

斎藤(さいとう)史(ふみ)

『風翩翻以後(かぜへんぽんいご)』(平一五)所収。平成十四年(二〇〇二)四月、桜の季節に九十三歳の生涯を閉じた。「遺詠」二首が歌集末尾にある。「さくらは人と似るべきものかひとり来てあふぐ空中重さ軽さなし」。作者の生涯はいわゆる女流歌人の最高峰に位置していたといえる人で、批判精神の鮮明さにおいても、作品は常に華麗な後光に包まれていた。だが最晩年の歌は、右に引いたように、地球を哀悼する如(ごと)き深沈たる哀歌の趣がある。

ぶだう棚の下に死にゐる秋の蜂にしばし添ひゐし蜂も消えたり

馬場(ばば)あき子(こ)

『世紀』(平一三)所収。動物にはこのような夫婦愛(?)の現れの例はいろいろあるが、蜂のような昆虫にも同様な生態が見られるという一例だろう。もちろんこれが夫婦であるという証拠はどこにもないが、あってもおかしくない感じがする。作者自身も、そんな感じでこの蜂たちを見ていたように受けとれる。これの前の歌も、昆虫を詠む。「部屋の中からどうしても外へ出てゆかぬかまきりが翔(と)ぶ夜の華やぎ」

時をおき老樹(おいき)の雫(しづく)おつるごと静けき酒は朝にこそあれ

若山牧水

『砂丘』(大四)所収。老いた樹木の雫が時をおいて落ちるように、という前半はごく普通の物言いである。しかし後半に移ると、おや、と思わせられる。「静けき酒は朝にこそあれ」。牧水は旅と酒の歌人と言われている。旅も酒も彼の商標のようなものだが、静かにかみしめる酒は、朝が第一だ、と言っているのは、うーむ、とうならずにはいられない。「白玉の歯にしみとほる秋の夜の酒はしづかに飲むべかりけり」

彼(か)の世より呼び立つるにやこの世にて引き留むるにや熊蟬(くまぜみ)の声

吉野秀雄

『含紅集(がんこうしゅう)』(昭四二)所収。クマゼミはシャーシャーという鳴き声でよく知られている蟬で、翅(はね)は透明、日本の蟬類中最大の体格を持っている。体長四〜五センチ。その鳴き声を「あの世から呼び立てているのだろうか、それともこの世で、まだまだと引き留めているのだろうか」と詠んでいる。そろそろ秋の訪れが感じられるころ、蟬自身もあの世の呼び声を聞きとってあのように鳴くのか、と詠んでいるようにもとれる歌。

立山が後立山（うしろたてやま）に影うつす夕日の時の大きしづかさ

川田（かわだ）　順（じゅん）

『鷲』（昭一五）所収。立山は富山県の南東部、北アルプスの北西端に連なる有名な連峰。古来霊山として崇拝されてきた。川田順は佐佐木信綱が創刊した歌誌「心の花」の同人だったが、一人孤高の立場を守った歌人という印象が強い人。この歌は、雄大な立山連峰を詠んでいるが、順の歌には大らかさという特徴があって、他の歌人に比べて際立っている。「山空をひとすぢに行く大鷲の翼の張りの澄みも澄みたる」

藍青（らんじゃう）の天（そら）のふかみに昨夜（よべ）切りし爪（つめ）の形の月浮かびをり

小島（こじま）ゆかり

『水陽炎（みずかげろう）』（昭六二）所収。「藍青」の色というのは、青と藍（あい）が混ざり合った夜空の色だろう。その空の一角に、昨夜自分がぷつんと切り落とした爪そっくりの形をした、繊（ほそ）く鋭い月が浮かんでいる。「まだ暗き暁まへをあさがほはしづかに紺の泉を展（ひら）く」など、作者は初期から色彩感覚に富んだ歌を作っていた。それは目で見るものを他の肉体感覚できちんと追認してゆく作業を伴っていた。「月」と「爪」のごとく。

もみぢ葉の染むる出湯に若者は腰をひたせりぼんなうの午後

石井辰彦

『七竈』(昭五七)所収。歌から見ると、この青年は美しい自然界に取り巻かれた景勝地の温泉にいるのであろう。色づいたもみじに紅く染まっている出湯に、若い肉体を腰までひたして、たぶん物思いにふけっている。結句におかれた「ぼんなう(煩悩)の午後」は、この青年が広い風呂場でひとり「煩悩」の思いにふけっていることを暗示している。今までこの欄にはあまり登場してこなかった題材の、珍しい歌だ。

冬のうた

冬山の青岸渡寺（せいがんとじ）の庭にいでて風にかたむく那智の滝みゆ

佐藤佐太郎（さとうさたろう）

『形影』（昭四五）所収。斎藤茂吉に師事し、その全集の編集に従事したのをはじめ、茂吉関係の著作が多い。西国三十三所第一番の札所青岸渡寺から那智の滝を遠望すると、繊美な一筋の帯が夢うつつにかかっているのを感じるが、作者は折からの冬景に、風を受けて滝がうつつに傾くのを見たと感じたのである。「風にかたむく」が見どころだが、作者自身の心もその時そこでかすかに傾いた。「いでて」を、「みる」でなく自動詞「みゆ」で受けた技巧の老練。

うづみ火にすこし春あるここちして夜ぶかき冬をなぐさむるかな

藤原俊成（ふじわらのしゅんぜい）

『風雅集』冬。平安末期の歌人で定家の父。父子の歌と歌論が後世に及ぼした影響は大きかった。「幽玄」という中国伝来の語も俊成によって日本に根づいた。『白氏文集』に「二月山寒（ウシテ）少（シク）有（リ）レ春」の句があり、『枕草子』一〇六段にこれを踏まえた挿話がある。俊成もこれらを受けているが、火桶の埋み火の感触を「すこし春あるここちして」と見た所にこの歌の発見と懐の深さ、なつかしさがある。現代はこういう感覚をむざんに捨て去る傾向にあるが。

消えかへり岩間にまよふ水の泡のしばし宿かる薄氷かな

藤原良経

『新古今集』冬歌。摂政太政大臣にして新古今時代有数の歌人だったが、三十八歳で急死した。感性の繊細な冴えと気品の人。元来『新古今』春歌の部のよさは折紙つきだが、冬歌の部も歌数が多い上に名歌も多い。新古今時代は一面「冬歌の時代」ともいえる。それらの歌は景色、環境への観察の彫りが深いのである。右もその一つだが、消えてはまた結ぶ泡がしばしの間だけ仮に宿る薄氷、そのはかなく清い結びつきに、作者は人生を視ていたか。

最上川逆白波のたつまでにふぶくゆふべとなりにけるかも

斎藤茂吉

生前の最終歌集『白き山』(昭二四)所収。茂吉は昭和二十一、二年当時、生まれ故郷に近い山形県大石田町の知人のもとに疎開していた。敗戦で戦中の言動が否定されたため大きな打撃を受けていた。重病にもかかった。その孤独の中で生まれた晩年の代表作。最上川の急流は大石田のあたりではゆったりした流れになるのだが、そこにさえ「逆白波」が立つほどの猛烈な吹雪の冬。その川波をまざまざと思い描いて、身心その情景に没している老歌人。

しらしらと氷かがやき／千鳥なく／釧路の海の冬の月かな

石川啄木

『一握の砂』（明四三）所収、「忘れがたき人人」の章より。故郷岩手県の渋民村を去った啄木は北海道にわたり、函館、札幌、小樽、釧路など各地を転々とした。右は極寒の釧路に職を求めて到着したときのことを、のち東京にあって想い起こしつつ作った歌である。啄木にはこういう純粋な叙景歌は珍しい。釧路をうたったもう一首。

さいはての駅に下り立ち／雪あかり／さびしき町にあゆみ入りにき

はつはつに触れし子ゆゑにわが心今は斑らに嘆きたるなれ

斎藤茂吉

『赤光』（大二）の有名な連作「おひろ」の一首。「はつはつ（端端）」はわずか、かつかつの意。ひそかに愛し合いひそかに別れた女性への嘆きをうたう。心を「斑らに」して嘆くという表現は印象的である。茂吉は非常な勉強家だったが、根本において、こういう表現を発止と射とめる抜群の直観力があった。前回（『折々のうた』一七三頁）掲出の「ほのかに見えて去にし子ゆゑに」の語法に学びつつ、みごとに新しくしている。

新しき年の始の初春の今日降る雪のいや重け吉事

大伴家持

『万葉集』巻二十、巻尾の歌。天平宝字三年(七五九)元日、因幡(鳥取県)の国守として赴任していた家持が、国庁の役人たちと新年の宴を催した時の祝の歌。万葉集はこの歌をもって全巻の幕を閉じる。新年とあるが、陽暦では二月半ばである。新春の雪が降り積る。そのようにめでたい事もいよいよ積み重なれよと希願をこめて歌う。家持の因幡行きは左遷だったが、この賀歌には堂々たる風格がある。懐かしい歌人だ。

かつ氷りかつはくだくる山河の岩間にむせぶあかつきの声

藤原俊成

『新古今集』巻六冬歌。平安末、鎌倉初期歌壇の大御所。子の定家と共に草創期の中世和歌に実作・理論両面で深い影響を与えた。厳寒の暁、山中を流れる川水は氷を結ぼうとして結びえず、かつは凍り、かつは砕けつつ岩間を走る。鋭い音をたててむせんでいる水の声。それに耳を澄ましていると、水声はいつしか暁そのもののむせび声かと思われてくる。身にしみ透る感覚を歌って幽玄境に入っている。叙景が情念と一体になっている所に魅力がある。

沫雪(あわゆき)のほどろほどろに降り敷けば平城(なら)の京(みやこ)し思ほゆるかも

大伴旅人(おおとものたびと)

『万葉集』巻八。大宰府長官として赴任していた旅人が、沫雪の日、故郷奈良の都を思って歌う。「ほどろ」のホドはホドクなどのホドと同じだという。あわあわと降る雪の形容としていかにもぴったりくる。ホドロホドロとくり返す音調がいい。作者の天性の詩才を感じさせる。雪が降り敷くのを見ると、人はふしぎに澄んだ気持ちになるものだが、それが望郷の念を自然によび起こしているのも、心の動き方としてよくわかり、共感を誘う。

照る月の冷(ひえ)さだかなるあかり戸に眼は凝(こ)らしつつ盲(し)ひてゆくなり

北原白秋(きたはらはくしゅう)

『黒檜』(昭一五)所収。明治十八年福岡県生まれ、昭和十七年没の詩人・歌人。華麗な初期の詩や歌から、中期以降の歌における新幽玄体の提唱へ、詩風にいくつもの重要な転機があった。『黒檜』は最晩年のみならず、白秋生涯での高峰をなす歌集で、右はその巻頭歌。昭和十二年十一月眼底出血のため入院、以後視力は極度に衰えたが、彼は失明の恐怖にも耐え、病を静かに受け入れた。その心境の澄みが歌を清浄にしている。

暮れのこる寒空の下戸をさせるわが家を見たりこれは又さびし

木下利玄

『李青集』(大一四)所収。明治十九年岡山生まれ、大正十四年没の歌人。学習院に学び「白樺」同人となる。歌は佐佐木信綱門。白樺派ただ一人の歌人だが、自然と人間とを結びつける親和力の存在に強くひかれ、両者の融合境を独自の口語的発想で追求した点で、たしかに白樺派の歌人だと思わせる。四十にも満たずに死んだのが惜しまれるすぐれた資質の持主だった。これは最晩年の歌。結句に、通常の短歌的詠嘆を突き抜けた驚異がある。

凧凩風と記しゆき天なるもののかたちさびしき

山中智恵子

『青章』(昭五四)所収。凧(タコのこと)も凩も日本で作られた国字で、風の省略形「⺇」と「巾」(布きれをあらわす)や「木」を統合したもの。従ってこの歌の中の三字とも風に関わっている。作者はこの三字のうちに直感的に「天なるもののかたちさびしき」さまを見てとったのである。実際には文字の形から誘い出された寂しさの感じだが、それを「天なるもののかたち」が寂しいと転じた所にこの歌の妙味がある。

耶蘇(やそ)誕生会(タンジヤウヱ)の宵に　こぞり来る魔(モノ)の声。少(すくな)くも猫はわが腓(コブラ)吸ふ

釈(しゃく)　迢空(ちょうくう)

『倭をぐな』(昭三〇)所収。昭和二十八年六十六歳で永眠した迢空は、晩年こんなふしぎな歌を作った。キリスト降誕祭の夜、こぞってやってくる魔の声がする。声がするばかりか、少なくとも今一匹の猫がわがふくらはぎを吸っている、というのであろう。「人間を深く愛する神ありて　もしもの言はゞ　われの如けむ」という歌も記憶に残るが、この大民俗学者歌人には、独特の幻想家的素質があったらしい。

冬の皺よせゐる海よ今少し生きて己(おの)れの無惨(むざん)を見むか

中城(なかじょう)ふみ子(こ)

『乳房喪失』(昭二九)所収。作者は昭和二十九年、三十一歳で乳癌のため死んだ。歌集名はそれに由来する。目前に迫る死を予感しつつ作られた歌の数々は、不運な生への嘆きを言葉に結晶させて、歳月の風化作用に十分堪えている。右の作は不治の病への絶望を暗い自虐の意志に転じているが、海をいうのに「冬の皺」が寄せているととらえているところなど、即物的で、同時にすぐれて心理的であり、的確な把握である。

一つの夢みたされて眠る人の如くけふの入日のしづかなる色

片山広子（かたやまひろこ）

『野に住みて』（昭二九）所収。作者は松村みね子の筆名でアイルランド文学の翻訳紹介に貢献した。芥川龍之介の旋頭歌連作「越びと」や堀辰雄の『聖家族』『楡（にれ）の家』などのモデルとされ、そちらの方でもよく知られているが、元来佐佐木信綱門の歌人だった。右の歌もその一つだが、晩年の歌は内面世界の充実をありありと感じさせる。入日の静かな色は、夢充たされて幸福に眠る人のようだというのだが、深い慰めの響きをもつ聡明な歌である。

蟹の肉せせり啖（くら）へばあこがるる生れし能登（のと）の冬潮の底

坪野哲久（つぼのてっきゅう）

『北の人』（昭三三）所収。能登の海辺の出身である作者の歌には、多年東京で暮らしていても消し難く日本海の風土の刻印がある。「母のくににかへり来しかなや炎々と冬濤圧（お）して太陽沈む」は若いころの代表作だし、掲出作と同時期の歌には「海みればこころ迫るを常としき単純のちからよ孤独をみたす」がある。風土には心を染めあげるほどの力がある。冬のずわい蟹もまた風土そのものだろう。

はるかなる峰（みね）の雲間の梢（こずゑ）までさびしき色の冬は来にけり

藤原良経

『新後撰集』冬。題は「初冬の心を」。後京極摂政太政大臣良経は、後鳥羽院の殊遇を受けて新古今時代を主導した最高実力者だった。位人臣をきわめることと、当代最良の詩人の一人であることが少しも矛盾しなかった古典時代を、最もよく体現していた人といえよう。しかし齢四十に満たずして没した。語句は平明、情趣は深く格調高いのが彼の歌の特長で、「さびしき色の」という一句の働き具合にもそれがある。

おもひかね妹（いも）がり行けば冬の夜の川風寒み千鳥なくなり

紀（きの）貫之（つらゆき）

『拾遺集』巻四冬。『歌よみに与ふる書』で『古今集』や貫之をこきおろした正岡子規が「此歌ばかりは趣味ある面白き歌に候」としている歌だが、これは子規の短見。貫之には他にいい歌がいくらもある。この歌、元来は屛風絵に合わせた注文制作の歌である。冬・寒い川風・千鳥・恋人のもとへ急ぐ男という組み合わせが、いわば一つの典型的情景を演出し、やがて千鳥が冬の季語となる端緒の一つをもなした。「妹がり」は恋人の所へ。

もみぢ葉はおのが染めたる色ぞかしよそげに置ける今朝の霜かな

慈円

『新古今集』巻六冬。紅葉の真紅に染まった葉は、霜が染めたものではないか。それをまたよそよそしげな顔つきで、自分の染めたはずのくれないの葉に、真っ白に降りている今朝の霜よ、という意。紅葉が地面に散りしいている上に真っ白な霜が降りている光景は、目にも鮮やかな初冬の美だが、葉をくれないに染め出した霜が、まるで関係なげにその上に乗っている面白さを、「よそげに」の一語がうまくとらえている。

冬雑木こずゑほそきに照りいでて鏡の如く月坐せりとふ

北原白秋

『黒檜』(昭一五)所収。白秋が没したのは昭和十七年。糖尿病と腎臓炎からきた眼疾で晩年は失明状態だった。十三年正月、数カ月ぶりに退院して都下砧村成城の自宅で療養していた時の作。白秋邸は雑木林に囲まれていた。その林の細い梢の上に、折からの月が鏡のように坐っていると家人が告げたのである。「とふ」は、というの意。視力の薄れた白秋は、その月をわが心の中の円鏡として、じっと見入っている。

さむきわが射程のなかにさだまりし屋根の雀は母かもしれぬ

寺山修司（てらやましゅうじ）

『空には本』(昭三三)所収。一見心やすく近づけそうで、はっと人を立ちどまらせる歌、寺山修司にはそういう歌が多い。愛誦性と新奇さを兼備しているのである。この歌でも、自分の銃の射程内にぴたりと照準の合った目標物たる「屋根の雀は」といってから一呼吸し、「母かもしれぬ」と意外なことをいう。青年初期の孤独で潔癖で偽悪的な心情の表現が、独立して旅立とうとする少年の心の葛藤をよくとらえている。寺山は早くに父を失っていた。

あれぬ日のゆふべの空は長閑（のどか）にて柳の末も春ちかくみゆ

永福門院（えいふくもんいん）

『風雅集』巻八冬。冬の風が荒々しく吹くこともない日には、夕暮れの空はひときわのどかに広がり、柳の枝先にも春の近いのが感じられる。なだらかに詠んでいるが、めりはりがよくきいている。永福門院は伏見天皇の中宮で、天皇とともに南北朝時代きっての歌人だった。二人は当時の歌壇革新派の巨頭京極為兼を師とし、その写生歌の清新さには師をしのぐ所さえあった。地位や生活からすると不思議の感があるほど、観察が細やかなのである。

月を待つ高嶺の雲は晴れにけりこころあるべき初時雨かな

西行法師

『新古今集』巻六冬。有名な歌だが解釈は案外微妙。「べき」を初時雨に対する命令ととるのは、歌全体の風情から見て不可で、「こころあるべき」とは心ありげなの意の推量ととるのがよいだろう。月の出を待っている高嶺、そこにかかっていた雲が今し晴れ渡った、何と心ありげなこの初時雨よ、という心である。雲は折よく山頂を離れ、この里を時雨になって通り過ぎてゆく、その気分が見どころで、初時雨を冬の贈り物として珍重したのだ。

河千鳥月夜を寒み寝ねずあれや寝さむるごとに声のきこゆる

永福門院

『玉葉集』巻六冬。千鳥は古典詩歌では冬の鳥の代表格。鳴き声がいかにも友を呼ぶかのように聞きなされ、人恋しさをかきたてると感じられたためである。旅の歌と結びつく場合が多いのもそのためだろう。永福門院の歌はそういう千鳥の感じをみごとにとらえている。冴えた月の下で、浅い眠りに目ざめるたびに千鳥の声がきこえる。寒さのため鳥も眠れないのか。下句の表現は特に彫りが深い。

見るままに冬は来にけり鴨（かも）のゐる入江のみぎは薄氷（うすごほ）りつつ

式子内親王（しきしないしんのう）

『新古今集』巻六冬。冬がやってきたという事実をただ言うだけでは詩にはなるまい。しかしその叙述法いかんでは、冬の到来そのものが感動を伝える詩になる。この歌はまさにそれを教えている。鴨の浮く入り江。ふと見ると足元の水際に薄氷が張っている。それを見つけた瞬間、まるではじめて知ったように、ああ冬が来たと驚く。「見るままに(見ているうちに)」という圧縮的誇張が何ともみごと。

篁（たかむら）のうちに音なく動く葉のありて風道（かざみち）の見ゆるしづけさ

佐藤佐太郎

『黄月』(昭六三)所収。上記の集は遺歌集。衰えの自覚を痛感しつつ詠んでいる歌がさすがに多いが、問題はそれを詠む態度だろう。「むらさきの彗星光る空ありと知りて帰るもゆたかならずや」、「たちまちに過ぎし命をいたむなく順序よく死の来しをたたへん」。こういう歌の中に右の歌もある。竹群を透かし見た時ふと透けて見えたもの、それは風道だったのか、命のそよぎの道だったのか。

夜ぐたちに寝覚(ねさ)めて居れば川瀬尋(と)め心もしのに鳴く千鳥かも

大伴家持

『万葉集』巻十九。「夜ぐたち」のクタツ(降つ)は盛りが過ぎて末へ傾く意で、夜がふけること。「心もしのに」は心もうちしおれるばかりに。この「心」は千鳥のではなく、作者の心である。柿本人麻呂の有名な「淡海の海夕波千鳥汝(な)が鳴けば情(こころ)もしのに古(いにしへ)思ほゆ」を受けついでいる歌だが、夜ふけに目覚め、川瀬に鳴く千鳥の声に心奪われている孤愁の表現に、家持の新しさがあった。

老いはてて寒き霜夜に消えぬべき我をいけおく埋火(うづみび)のもと

正(しょう)徹(てつ)

『草根集』所収。正徹は室町期の代表歌人だが、藤原定家を崇拝し、縹緲(ひょうびょう)たる中に深い余情をたたえた歌を理想とした。解釈しようとする手をするりと逃れるその歌の微妙な味わいでは、和歌史中屈指の人。寒い霜夜に消え入ってしまっても不思議でない老いの身、その自分を、しばしこの埋ずみ火の下にいけて生かしておくのだというのである。老いの嘆きにとどまらぬ手ごわい言葉のあっせんの面白さ。

暮れやらぬ庭の光は雪にして奥暗くなる埋み火のもと

花園院

『風雅集』巻八冬歌。花園院は『風雅集』撰進の中心的推進者、自らも一流歌人だった。「冬夕の心をよませ給ひける」と題する。夕暮れの庭は雪の光でほの明るいが、室内は逆に暗い。火はあるがそれも埋ずみ火。自分が正座している家の奥はことにも暗さを増す思いがする。家の外と内の対比は、おのずと外界と心の内部の明暗への凝視となり、南北朝動乱期の皇室歌人の精神風景をうかがわせる。

霜氷閉ぢたるころの水茎はえもかきやらぬ心ちのみして

紫式部

『紫式部集』所収。恋の悩み事を訴えてきた友人への返事である。上二句は折しも霜月(旧暦十一月)である事に掛けて、男女の仲が凍りついてどう仕様もない状態を指す。「水茎」は筆・手紙。「えも……ぬ」はなかなかできない。「かきやる」は「書き遣る」に「掻きやる・払いのける」を掛けた。よほどこじれた仲だったのだろう。簡単に忠告などできないわと嘆じている気配が伝わってくる。

いつしかに天のはら冷えてをりをりはわれにかなしき鳥かげわたる

前川佐美雄

『積日』(昭二二)所収。「天のはら」を仮に「天の原」と書けば、「天の原振りさけ見れば」という詩句におけるように、大空そのものをいう。しかしこの歌では「はら」は腹・臓腑の意。「天」もテンと読まねば歌全体の調子が狂ってしまう。その天の臓腑が「冷えて」というところに作意の中心がある。冷えた空のはらわたは、いやが上にも青かろう。青という色は晴朗だがまた憂鬱の味もする。英語のブルーが憂鬱の意をあらわすように。

ねざめして聞かぬを聞きてかなしきは荒磯波のあかつきの声

藤原家隆

家集『壬二集』所収。一読しただけではどういう歌なのかわかりにくいが、実は隠岐へ流された後鳥羽院のもとへ、院を慕っていた家隆が送った歌の一首である。定家と並び称された歌人家隆は、『新古今集』撰進の作業などで院に深く心を通わせていた。早朝目が覚めた時、夢うつつの枕元に隠岐の荒波が響いているような気がしたのである。もちろん幻聴。「聞かぬを聞きて」はそれをいう。かくて、目覚めた後の深い悲しみ。

よろこびの失はれたる海ふかく足閉ぢて章魚(たこ)の類は凍らむ

中城ふみ子

『乳房喪失』(昭二九)所収。なんという孤独な歌だろう。作者は乳癌で左右の乳房を切除したが、あり余る才華を抱いて三十一歳で世を去った。「よろこびの失はれたる海」とは、うら若い肉体、また心そのものだろう。その海底で生きながらえて凍てついている生物、それがたくさんの足をもつタコだという影像は強烈な暗示力をもっている。タコはすべての足を「閉ぢて」凍てつこうとしている。

ふればかく憂さのみまさる世を知らで荒れたる庭につもる初雪

紫 式 部

『新古今集』巻六冬。「思い屈することのあるころ、初雪の降った日に」という意味の詞書がある。友人に贈った歌である。「ふれば」は「経れば」と「降れば」を懸けている。「年経てまで生きていると、このように憂さばかりが増すもの、それとも知らず何とまあ、わが家の荒涼たる庭に美しく初雪が降って。やがてあれだって汚れてしまうのに」。紫式部の歌の多くはこんな調子である。物静か、内省的。

みじかなる焔熾より立ちをりてこのいひ難きいきほひを見ん

佐藤佐太郎

『立房』(昭二二)所収。「みじかなる」は短なる。オキは赤くおこった炭火、またまきが燃えて炭火になった状態。熾・燠の字を当てるが、燠は火が盛んに燃える状態をいう。この歌の熾火は、まきの火ではなく炭火だろう。燃えついた炭火は、青白くまた深紅に激しい焔を吹く。その焔はごく短い。短いがゆえにその「いひ難きいきほひ」が人をうち人を魅するのだ。あたかも生き物のように。「立ちをりて」でいったん切れ目がくる語法。

小杉ひとつ埋れむとして秀を出せる雪原をゆくきのふもけふも

斎藤茂吉

『白き山』(昭二四)所収。「秀」は「穂」と同じで、物のとがった先端をいう。疎開先の故郷山形県で敗戦後の苦しみの中にあった当時の作。小杉が伸びあがってくる。その上へ新しい雪が降り、杉の頭も埋まりそうである。それでも小杉は健気に頭をもたげ、雪中に可憐な緑色を点じている。この雪原を昨日も今日も自分は歩む。「きのふもけふも」に、茂吉には珍しい弾んだ調子があって、みずみずしい命の発露に対する感動を伝える。

虫食いのみどりも共にきざむなり冬の蕪(かぶら)よ良く来てくれた

坪野哲久

『人間旦暮・秋冬篇』(昭六三)所収。昭和六十三年十一月に逝去した作者は、昭和初期のプロレタリア短歌以来、反骨と批評精神で一貫した歌人だった。内面にはいつも、人間をも含めて地上に生きる者すべてに対するつつしみ深くて激しい愛と関心があった。この歌には最晩年の哲久短歌の特徴というべき軽やかな弾みがある。軽やかだが、上滑りとは正反対のもの。下句は手厚い情愛のつぶやきである。

北向きの廊下のすみに立たされて冬のうたなどうたへる箒(はうき)

永井(ながい)陽子(ようこ)

『モーツァルトの電話帳』(平五)所収。軽やかな歌いぶりの短歌は、現在の三十代・四十代女性歌人に見られる特徴の一つで、この作者もその一人。箒一本立っているだけのことなのに、ある種の「おはなし」になっている。別の歌には「着流して荷車を曳く龍之介ある日は見たり梅雨明くるころ」というような歌もある。作歌技術の問題ではなく、歌を作る態度そのものが、徐々に、確実に、世代により変わってきているのだろう。

雪ふれば峰のまさかきうづもれて月にみがける天(あま)の香具山(かぐやま)

藤原俊成

『新古今集』巻六冬。「まさかき」は真榊、真賢木。マは接頭語で、榊の木の美称である。「守覚法親王五十首歌よませ侍りけるに」と題詞にあるように、仁和寺にあって和歌の保護者として大いに尽力した後白河天皇第二皇子守覚法親王の主催による有名な五十首歌(十七人の歌人に各五十首を詠進させた)に出した歌の一首。美しい奈良の香具山の雪景色をたたえているが、「月にみがける」が絶妙。このような形容を見出すために、歌人は命を削ったのである。

月影は森のこずゑにかたぶきてうす雪しろし有明の庭

永福門院

『玉葉集』巻六冬歌。月はまだ空に有るのに夜はもう明けはじめている、その状態を有明(ありあけ)といい、またその時の月自体をもそのようにいう。広く十六夜(いざよい)以後の月をいうが、この歌で庭の薄雪をしらじらと照らし出しているのは、二十日以後の月の感じがする。森の梢に傾いている有明月、その光でほのかに白さを増す薄雪。繊細をきわめた風景美の発見であり表現である。すべてが淡彩で統一されていて。

わが頭蓋(ずがい)の罅(ひび)を流るる水がありすでに湖底に寝(い)ねて久しき

斎藤(さいとう)　史(ふみ)

『魚歌』(昭一五)所収。作者第一歌集『魚歌』は詩人や小説家たちにも好評を得、芸術派と称される若手歌人の登場を象徴した。その点では作者の華麗な才能を証明していたが、作者自身の心には別に修羅がすみついていた。その主な理由は、作者が二・二六事件に連座した将官の娘であり、銃殺に処された将校たちの中にも親しい知人がいたからである。憂愁に閉ざされて湖底に眠る自己が、歌集の中には繁く現れる。

冬の日の眼に満つる海あるときは一つの波に海はかくるる

佐藤佐太郎

『開冬』(昭五〇)所収。作者は風の強い冬の日、海辺にたたずんでいる。足元の海では波が時折大きく盛りあがり、そのためただ一つの波によって海全体が覆われてしまうように見えることがある。その一瞬の印象を一首の歌にまとめたのがこの歌である。作の主眼は、このようにして逆巻き、視界を覆ってしまう海の、人を魅する力のみなぎりにあるだろうが、写実に徹した歌の魅力もある。

サッカーの制吒迦童子(せいたかどうじ)火のにほひ矜羯羅童子(こんがらどうじ)雪のかをりよ

塚本邦雄(つかもとくにお)

『天変の書』(昭五四)所収。昭和期以降、ラグビーやサッカーを詠む歌人や俳人もふえたが、見どころは語法の新機軸。この歌は選手を不動明王の二人の従僕に見立て、勇壮な奮戦ぶりを別世界の気圏で包んでしまう。そこに漂うものは「火のにほひ」「雪のかをり」だ。サッカーという男の肉体が激突する舞台は、こうしてもう一つの物語の場に変容する。短歌は自家製の神話世界へ導く使者となる。

山の端(は)は名のみなりけり見る人の心にぞ入(い)る冬の夜の月

大弐三位(だいにのさんみ)

『後拾遺集』巻六冬。大弐三位は官名で、紫式部の娘。才女として知られた。冬の月を詠んでいる。月は西に傾いて山の端に入る。けれど彼女は、「山の端というのは単に名ばかりです。冬の夜の月は、山の端に沈むばかりか、見る人の心にこそ沈み入ってくるのです」と詠む。春夏秋の月とは一味違う冬月の独特な美しさをいって、さすがは紫式部の娘さんだが、母もまた冬の歌にすぐれていた。

花をのみ待つらむ人に山里の雪間の草の春を見せばや

藤原家隆

『壬二集』所収。茶の湯やいけばなをたしなむ人の中には、千利休愛誦の歌という言い伝えと共にこの歌を教えられたことのある人も多かろう。その種の有り難そうな歌は、場合々々でいくつもあるが、この歌についていうなら、なるほど日本人の美についての考え方を、ある意味で代弁してくれているような歌である。眼前にある華やかなものよりは、むしろその予感・予兆の中に真の美を見る心。「花」は桜をいう。

まぼろしに現(うつつ)まじはり蕗(ふき)の薹(たう)萌ゆべくなりぬ狭き庭のうへ

斎藤茂吉

『寒雲』(昭一五)所収。蕗の薹は早春まだ雪の残る野辺や庭の片隅に、もっこり薄緑の丸い姿をのぞかせる蕗の花芽だが、この歌ではまだ現実に萌え出てはいない。幻である。しかし、作者はもうこの花芽のほのかな苦みまで舌に感じているらしいような微妙な表現で歌っている、「まぼろしに現まじはり」と。春へのこの期待、英国の詩人シェリーは直情的に「冬来たりなば春遠からじ」と歌ったが、日本の抒情詩人は幻までも季節とともにつかもうとする。

霜枯(しもがれ)はそことも見えぬ草の原たれに問はまし秋の名残(なごり)を

藤原俊成女(ふじわらのしゅんぜいのむすめ)

『新古今集』巻六冬。「霜枯は」は霜枯れには、の意。「霜枯れの冬になると、どこにうるわしい秋の名残があるのか見分けのつかぬ草の原ばかり。たれにたずねようか、なおまだ秋の名残を残している場所を」。さびしくなってしまった霜枯れの野に、なお艶(えん)に咲き乱れる秋草の面影をさぐる心を歌う。ものの背後に「時間」を見ようとする気分である。血筋では俊成の孫だが、彼の養女になった才媛。

夕焼空焦(こ)げきはまれる下にして氷らんとする湖(うみ)の静けさ

島木赤彦(しまきあかひこ)

『切火(きりび)』(大四)所収。赤彦は長野県の諏訪生まれ。上京して活躍したが帰郷し、そこで没した。自宅は諏訪湖を眼下に望む家で、彼はその位置から、しばしば湖水を詠んだ。「諏訪湖」と題する歌。結氷で有名な湖の姿をよくとらえているが、後年の自選歌集では初二句を改作、「まかがやく夕焼空の」とした。初出時の身ぶりの多い形容を自ら排し、より落ち着いた表現に切りかえたもの。心境の変化をよく反映している。

くらき夜(よ)の山松風(やままつかぜ)はさわげども梢(こずゑ)の空に星ぞのどけき

永福門院

『玉葉集』巻十五雑二。鎌倉時代後期の和歌の世界でひときわ強い指導力を発揮したのは、藤原定家の子孫のうち京極家を代表した為兼。その周辺に、自然界の風景描写の清新さで一時代を画した伏見天皇、その后(きさき)の永福門院ら、一群の新感覚の歌人たちがあった。右の歌も、いわば一枚の絵の中に、松風が不気味に騒ぐ暗い夜の山と、地上の騒ぎなど知らぬげにのどかに輝く星を、鮮やかに対比した。

臘月(らふげつ)の月光うつそみに零(ふ)れり魂魄(こんぱく)のわだかまれるあたり

塚本邦雄

『詩歌変』(昭六二)所収。「臘月」は旧暦十二月。「うつそみ」はウツセミ(現人)と同じで、現世、またそこに生きる人間。現代の代表的歌人はまた古語を偏愛する人でもある。この歌でも「臘月」「うつそみ」「魂魄」と、次々に非日常語が連弾されるのを追ってゆくうち、読む者はおのが魂魄の重くわだかまっているあたり、師走の月光がひらひらと降ってくるような惑わしへと誘われるのだ。

雨の夜の冬稲妻におどろきてそれより戦ひの日に追憶往く

宮柊二

『多く夜の歌』(昭三六)所収。「冬稲妻」は寒冷前線の通過と大陸の高気圧の張り出しとによって生じる冬の雷。寒雷とか鰤起こしなどとも。「おどろく」は古代からの用法では、はっとして目がさめることを言った。ここはその意味。冬の夜の雷鳴は、作者が中国大陸の戦線で聞いた砲声を不意に呼びさましたのだ。昭和三十三年ころの作で、平和になったとはいえ、戦争はこんな形で続いていた。

降誕祭、この夜ひそけき雑沓のみな低き黄の鼻ばかり　寧し

塚本邦雄

『日本人霊歌』(昭三三)所収。クリスマス・イヴは日本では宗教とほとんど無関係な歳末行事の観があり、バブル景気に浮かれていたころは、派手な商業主義と共にあった。右の歌は戦後の復興期に入ったころの日本のイヴ。「寧し」には安らかで平和で、といった含みがあるが、この歌では侮蔑の対象そのもの。作者は戦後日本の凡庸な安逸への嫌悪を、初期作品では特に、歯に衣きせず詠った。

切り炭の切りぐちきよく美しく火となりし時に恍惚(こうこつ)とせり

前川佐美雄

『捜神』(昭三九)所収。前回(『新折々のうた6』一六一頁)宮坂静生作の句が、年木の切り口をきれいに揃えてゆく楽しみを詠んでいたが、昭和時代の一代表歌人前川佐美雄の戦後まもないころの歌も、火鉢に埋めた切り炭の、切り口の美しさを詠んでいた。炭火を熾(おこ)すにも腕前が必要で、いい炭を使って上手に熾せば、この歌の通り「切りぐちきよく美しく火となりし時」には、実際うっとりしてしまうほどだ。今はそんな技術も、ほとんど持ち腐れとなったが。

木の枝に雀一列(すずめひとつら)ならびゐてひとつびとつにものいふあはれ

北原白秋

『雲母集』(大四)所収。白秋は大正二年、隣家の人妻との恋愛から一度は未決監に勾留され、無罪免訴とはなったものの大試練に遭った。郷里では家が破産し、父母弟妹が上京、夫から離縁された恋愛相手も一緒に、全員で神奈川県三崎に転居するという転換を強いられた。『雲母集』は三崎の海浜生活で新生をはかった時期の佳吟をまとめた集だが、雀はこのあとも白秋鍾愛(しょうあい)の鳥となって、彼に多くの秀歌を作らせた。

父の遺産のなかに数えむ夕焼はさむざむとどの畦よりも見ゆ

寺山修司

『空には本』(昭三三)所収。寺山修司九歳の時、父は太平洋戦争で戦死した。母は戦後、米軍基地で働き、彼は母と離れて孤独な少年時代を送った。上記は第一歌集だが、右の歌や「一粒の向日葵の種まきしのみに荒野をわれの処女地と呼びき」ほか、孤独な青年が空想の中でわが「領土」を一つずつ開拓してゆく努力のあとが、そのまま彼の叙情詩になってゆく感じで、周囲の事物を劇化してゆく見事な才のめばえがあった。

田子の浦ゆうち出でて見ればま白にそ富士の高嶺に雪は降りける

山部赤人

『万葉集』巻三。現代短歌には叙景の歌が実に乏しくなった。逆に、人間の行為一般にかかわる喜怒哀楽や自己反省、他者批評を短歌の形で詠む行き方は、今や短歌の大通りである。つまり、人事詠全盛の時代。これは長い歴史の過程で自然にそうなった点で意味ある流れだと認めねばならないが、時あって古代人山部赤人の如く一途に自然界に向き合った叙景歌を見ると、急に大らかなさわやかさに目覚めるのも事実である。

薄れゆくかの大虹も一度くらい地球に足を触れたかろうに

石田比呂志

『春灯』(平一六)所収。虹は短い時間ののちに必ず消える、ついに地べたに両足をつけることなしに。もし虹に心があったなら、こうも願ったであろうに、という歌である。美しい虹の遂げられない願望を歌うロマンティックな作のように見えるが、この歌の隣にこれと一対をなす自分の「足」の歌があって、併せ読むと皮肉な現実に引き戻される。「裏通りばかり歩かせ来し双つ足の裏にも日を当ててやる」と。

かりがねも既にわたらずあまの原かぎりも知らに雪ふりみだる

斎藤茂吉

『白き山』(昭二四)所収。生前の最終歌集。茂吉は昭和二十一、二年当時、生まれ故郷に近い山形県大石田町に疎開していた。大戦中の言動が否定されたため大きな打撃を受けていた。重い病にもかかった。そのようなうちひしがれた心境で作られた歌だが、次の一首と共に『白き山』を代表する名歌として有名になった。「最上川逆白波のたつまでにふぶくゆふべとなりにけるかも」。「知らに」の「に」は否定の助動詞。

ふかぶかと雪をかむれば石すらもあたたかき声をあげんとぞする

山崎方代（やまざきほうだい）

『方代』（昭三〇）所収。方代は大正三年（一九一四）山梨県の右左口（うばぐち）村の農家に八番目の末子として生まれた。兄姉たちが夭折するので「生き放題、死に放題、勝手にせよ」と「放題」と名付けられたという。本当の話かどうかわからないが、命名からして伝説的。戦中ティモール島の戦闘で破弾片を浴びて右眼（め）を失明、左眼も視力〇・〇一となった。故郷喪失の放浪者として戦後の世相風俗を詠み、独特の詩情で多くの愛読者を持った。

ニコライ堂この夜揺りかへり鳴る鐘の大きあり小さきあり小さきあり大きあり

北原白秋

『黒檜』（昭一五）所収。ニコライ堂は東京駿河台にあり、日本ハリストス正教会の本部。白秋は昭和十二年（一九三七）、糖尿病で駿河台の杏雲堂病院に入院していた。クリスマス・イヴの日、彼はベッドで教会から鳴り響くキリスト生誕を祝う鐘の音を聴いている。鐘の大小によって音にも大小・高低の差があることに興味を感じ、耳を澄ませていた。ニコライ堂の鐘を病院の入院患者として聴くのは、詩歌の題材として珍しい。

青みさす雪のあけぼのきぬぎぬのあはれといふも知らで終らむ

大西民子

『雲の地図』(昭五〇)所収。「きぬぎぬ」は漢字で書けば「衣衣」となるが、古語では、共寝した男女が衣を重ねて寝た翌朝、それぞれの衣を着て別れることを「きぬぎぬの別れ」と言った。作者は、夫が突如姿を消してしまうという不幸に襲われ、生涯その傷を負って生きた歌人だった。歌の後半はそのことに関連している。自分が「きぬぎぬのあはれ」をも知ることなくて終わろうという、深いうめきのような嘆き。

解説

水原紫苑

日本の文藝を代表するアンソロジーである、大岡信『折々のうた』の短歌選の二巻を編むという重責をいただいた。そこで古今和歌集と紀貫之の再発見者とも言える著者への敬意を表するために、古今集に倣って、四季の歌、恋の歌、そして雑歌、哀傷歌などに代わる人生の歌という三つの部立を採用した。

本書に収められているのは四季の歌で、配列は原著『折々のうた』の通りである。歌として優れていることと同時に、著者の注釈の面白さを本書に選ぶ基準とした。

さて、編者の弁としてはこれ以上付け加えることはないのだが、末世の貧しい一歌人として、この機会に改めて巨人大岡信を仰ぎ見た私的感慨を記させていただく。

大岡が古典詩歌を論じた代表的な書物と言えば、まず一九七一年に筑摩書房から、「日本詩人選7」として刊行された『紀貫之』であり、そして一九七八年に集英社から刊行された『うたげと孤心』が挙げられるだろう。現在では、『紀貫之』はちくま学芸文庫、『うたげと孤心』は岩波文庫で読むことができる。

冒頭に述べたように、『紀貫之』においては、正岡子規の痛罵以来、一般歌壇にはほとんど顧みられることのなかった紀貫之と古今集の名誉回復を果たし、『うたげと孤心』では、日本の詩歌の集団性と個人性の、遠心力と求心力の二つが絡み合う独自の構造を見事に読み解いて見せたのである。

いずれも歴史的名著であることは言うまでもない。だが、それゆえにこそと言うべきか、読み味わうごとに著者の肖像がありありと浮かび上がって来るのである。

万葉集の一人称から転じて、三人称の抽象性を獲得した詩人紀貫之の知性が、文章の肉体的な実感で立ち上がる。そして瞬間の短歌が、運動性と共に永遠に向かう時間を内包することになる、大きな転換点に立ち会う緊迫感が、著者の若々しい鼓動を伴って聞こえるのだ。

そこから、個々の歌人の垂直な「孤心」が歌合や勅撰集という場に水平に開かれて「うたげ」を支える、日本の詩歌に独特のダイナミズムが導かれることになる。そして和歌の七七というエモーショナルな共鳴装置が他者に渡されて連歌が生まれて来るのだ。

だが、注目すべき点がある。『うたげと孤心』の「公子と浮かれ女」の章の興味深い記述を引用してみよう。この章は、あたかも短編小説のようにも読める。平安中期、一条天皇の時代に、和歌詩文管弦すべてに秀でた最高の文化人であった藤原公任と、恋愛遍歴で名高い多情多感の天才歌人和泉式部との歌のやりとりを、公任の心の内側から描き出しているのである。

（前略）何よりも、和歌には心と姿の一致した美しさが必要で、それを生みだすものは個々の歌人が体得した伝統の力にほかならない、という彼〔公任〕の信条を、すぐれた作品を引合いに出しながら簡潔に語ってみようと思っている。（中略）

ただ公任が悩ましく思うのは、彼の定義する秀歌の範疇にうまくはまってこないのに、しかも到底無視できないというような歌を作る人間がいることで、もとよりそんな作者は稀れなのだが、その稀れなひとりがあの和泉式部であるのが、何とも居心地わるく思われる。

（中略）

公任はここまで考えてきて、ふいにぞっとした。こんな風に歌うほか、どんな歌い方も知らない歌人が、現実に、身近に存在しているということを、今までただの一度も真面目に考えたことがなかったことに気づいたからである。自分は歌についてなら何でも心得ている、と彼は思っていた。けれども、和泉のあの暗く輝く夜の火山の頂きのような歌は、ほんとうは、自分の知っている歌の世界と、ほとんどまったく縁のない世界で、噴きつづけ、燃えつづけている恐ろしい炎なのではなかろうか。

（『うたげと孤心』公子と浮かれ女）

この公任の内的独白は重要である。無論、これはそのまま著者大岡信の言葉ではない。だが、これに近い切迫した感情を、大岡は和泉式部の歌について抱いたであろう。ここにはエロティックな渇望さえ透けて見える。

その前の「贈答と機智と奇想」の章で大岡は既に、「うたげ」を支える歌人たちの磨き抜かれた「孤心」から逸脱した、例外的個人として、和泉式部に対する畏怖と讃嘆を述べている。

（前略）彼女はおのれの肉体と魂にあくまで執着したが、その結果、肉体や魂の間断ない動揺、不安に、たえず直面することとなり、それらを、おそろしく細分化され抽象化された局面において実感することによって、なまなましい抽象性としか言いようのない、力ある表現に定着した。

（『うたげと孤心』贈答と機智と奇想）

そして、一方で近代以降の短歌を次のように総括するのだ。

和歌が近代短歌として再生するためには、一般性ではなくて特殊性へ、普遍的情趣ではなくて個人的述志へ、連歌的拡大ではなくて一首独立の凝縮へ、機智にみちびかれた遠心性ではなくて調べに集中する求心性へと、飛躍的な転換をとげることが必要だったし、事実それがなされたことによって、それ以後の近代短歌の歴史が始まったのだった。それが全体としておそろしく生真面目な性質を短歌にもたらしたということは、ごく当然の成行きだったのである。多少の揺れはあっても、この大筋は今にいたるまで変っていない。近代という時代がそれを要求し、短歌という形式がそれにふさわしい変化をみずからのうちに用意したのである。（同）

近代以降の短歌は「うたげ」を捨てて自我を表現する一行詩に変貌した。と同時に、「うたげ」のダイナミズムに拮抗する、伝統に磨き抜かれた歌人の「孤心」も同時に失われた、ということではないか。

これは、和歌史の伝統から隔った近現代の短歌に対する、厳しい批判とも読めるだろう。

では、とここで私は大いなる故人に問いたいのだが、大岡は、自身の普遍的価値観を脅かすただ一人の和泉式部も、現代短歌に見出すことはなかったのか。「うたげ」と「孤心」の往還システムから自覚的に逸脱した、苛烈な個人というものが、同時代に存在することはなかったのか。

大岡の答えはノーであろう。だからこそ公任の暗い灼けつくような独白があったのだ。しかし、たった一人で全和歌史に叛逆する新たな個人であろうとした作家は、たしかに大岡の眼下にいた。

塚本邦雄の『定型幻視論』(人文書院、一九七二)の中に、一九五六年に行われた大岡信との論争が収められている。

その論争中で大岡は「そもそも詩としての短歌の独自性はどこにあるのか。ぼくにはその秘密が、調べによって肉化された対象のヴィジョンの、瞬間的にして総体的な実現の中にあると思われる。歌人はこの時何を表現したのかと問われるなら、答えよう。時間を超えた意識の純粋な持続を表現したのだ」(『抒情の批判』晶文社、一九六一)と述べている。この短歌観は、のちの『紀貫之』で示されるものと極めて近い。

塚本はこの大岡の明快な言挙げに鬱屈した情念で応じている。

老いた冠鶴である短歌はその満身創痍にも拘らず、驚嘆すべきしぶとさでながらえ続けている。「伝統」の力は彼女の嘴から蹴爪までの不可視の頑強な支えとなっている。そし

てその為に彼女は決して死ぬことは無いだろう。然し「死なない」ことは「生きている」ことと全く同一ではない。(中略)

僕は自らが短歌作家であることを自覚した日から遺言状の作製にとりかかった。短歌への憎悪で始まるその遺言状は彼女の呪術の源である韻律への挑戦の文字で飾られて行った。同時にそれは自らの内部の、精神構造、認識力の脆弱性、曖昧性の絶えざる告発という諸刃の剣となり、血の文字で埋められつつある。僕のこの挑戦と告発が、短歌のルネサンスに如何程関り得るかは全くの未知数だ。恐らく賭けは遠い未来にわたって継承されつづけられねばならぬだろう。

(『定型幻視論』遺言について)

この若き日の塚本の絶望的な未来への賭けは私の胸を打つ。まさに現代短歌はここから始まったのだ。現代の短歌の言葉はこの憎悪の鬼子として生まれた。

作家の資質として、和泉式部の自在な肉体性と抽象性の対極にいる塚本邦雄が、極めて愚直に、意識的な方法論によって、和歌史と刺し違えようとしたのである。

だが、その闘いは、大岡の眼には、あくまで「閉ざされた世界」(『抒情の批判』)と映ったのだった。

しかし、二人の巨匠は芸術上、終生交わることがなかったかと言えば、そうではない。塚本自身も古典和歌や歌謡のレトリックを豊かに用いて、「うたげ」の遊び心を生かしており、晩年では、むしろ新古今集を中心とする、歌の伝統の守護神ともなっていた。

さて、大岡も塚本もいない二十一世紀の今日、短歌をめぐる状況はどうであろうか。

時代はまた大きく一周回った。

古今集のみならず古典和歌は、特に意欲的な若い歌人たちにとっては、近現代の短歌に等しい財産となっている。題詠や歌合などの「うたげ」も、インターネットやSNSという新しい場を得て、日常の作歌の営みに加わった。

そして、「うたげ」を支えるそれぞれの「孤心」も、近代の一人称とは異なる共同性を含んだ口語主体の文脈によって、日々この世界の暴力の中でしんしんと研がれている。

その意味で、大岡は未来を予見したと言えるだろう。「うたげと孤心」は、皮肉にも塚本の叛逆を契機として、全く意匠を変えて現代に復活したのである。

短歌は隆盛でめでたいか。表面上はうれしいことではある。

しかし、歌人たちは忘れてはならないだろう。現代短歌には依然として、冥界の大岡信を戦慄させるに足る、一人の和泉式部も存在してはいないことを。塚本邦雄が渾身の力で刺してもなお蘇るほど、「うたげと孤心」の伝統は不死身の魔物であることを。
かつて遠く見た大岡信の澄んだ眼差しを思い起こして、この拙い稿を捧げたい。

作者略歴・索引（五十音順）

あ　行

在原業平（八二五―八〇） 平安初期の代表的歌人。六歌仙の一人。『三代実録』に「業平体貌閑麗、放縦不拘、略無才学、善作倭歌」とある。漢詩文の教養はないが、歌才抜群という評価である。伝説的な美男貴公子。104

安藤美保（一九六七―九一） 歌人。東京生れ。お茶の水女子大学大学院の研修旅行中、比良山で転落死。「心の花」に所属。遺歌集『水の粒子』。111

安立スハル（一九二三―二〇〇六） 歌人。京都生れ。府立桃山高女卒。結核のため長期療養生活を送る。「多磨」を経て「コスモス」創刊に参加。歌集『この梅生ずべし』『安立スハル全歌集』。84

石井辰彦（一九五二― ） 歌人。横浜生れ。ニューヨーク滞在中ポエトリー・リーディングの影響を受ける。四方田犬彦、小池昌代とともに「三蔵2」創刊（二〇〇六年終刊）。「Tanka Reading Laboratory」代表。歌集『七竈』『墓』『海の空虚』『全人類が老いた夜』他、歌論集『現代詩としての短歌』。123

石川啄木（一八八六―一九一二） 詩人、歌人。岩手県日戸村の生まれ。詩集『あこがれ』を出し、一時天才詩人と遇されたが、実生活では貧困と病に喘ぎ、放浪波乱の生涯を送った。生前に歌集『一握の砂』、没後『悲しき玩具』。109、128

石田比呂志（一九三〇―二〇一一） 歌人。福岡県生れ。「未来」入会、近藤芳美に師事。「牙」主宰。歌集『無用の歌』『長酣集』『孑孑』他、歌論集『夢違庵雑記』など。154

和泉式部（生没年不詳） 平安時代の歌人。大江雅致の女。小式部内侍の母。家集『和泉式部集』、『和泉式部日記』がある。平安女性歌人の第一人者だろう。藤原道長から「うかれ女」と揶揄されるほどの恋多き生涯であった。93、99

伊藤左千夫（一八六四―一九一三） 歌人、小説家。上総国（千葉県）生れ。搾乳業のかたわら、子規を中心とする新しい短歌運動に加わり、根岸短歌会の「馬酔木」編集に尽力した。その終刊後、「阿羅々木」（のち「アララギ」と改称）の中心となって赤彦、茂吉らを育てた。小説『野菊の墓』の作者。57

稲葉京子（一九三三―二〇一六） 歌人。愛知県生れ。大野誠夫主宰「砂廊」（のち「作風」と改称）

を経て、春日井建編集「短歌」に拠る。歌集『ガラスの檻』『槐の傘』『桜花の領』他。42、69

上田秋成(一七三四―一八〇九) 江戸中期の浮世草子や読本の作者、国学者。読本『雨月物語』五巻は幻想と怪異の名編。随筆に『胆大小心録』など。晩年の作に『春雨物語』、歌文集に『藤簍冊子(つづらぶみ)』。95

永福門院(一二七一―一三四二) 鎌倉末期・南北朝時代の歌人。太政大臣西園寺実兼の長女。伏見天皇中宮。『玉葉集』に四三首、『風雅集』に七一首。伏見院、京極為兼とともに両統迭立時代を代表する。旧態依然たる二条派風から脱し、新鮮な門院歌風を樹立。56、66、92、95、136、137、145、150

江戸雪(一九六六―) 歌人。大阪生れ。「塔」所属。歌集『百合オイル』『椿夜』『Door』。51

大隈言道(一七九八―一八六八) 江戸末期、桂園派の代表歌人。筑前の生れ。『万葉集』『古今集』を独力で究め、また広瀬淡窓の咸宜園に漢学を学ぶ。家集に『草径集』、歌論に『ひとりごち』。明治三一年、佐佐木信綱が紹介するまで、殆んど世に知られなかった。35

修(おさむ)に師事。「形成」創刊同人。歌集『まぼろしの椅子』『不文の掟』『印度の果実』など。156

岡野弘彦(一九二四―)　歌人。三重県生れ。国学院大学卒。同名誉教授。折口信夫に師事。歌誌「うたげの座」刊行。歌集『海のまほろば』『天の鶴群』『バグダッド燃ゆ』他、評論『折口信夫の晩年』など。60

岡本かの子(一八八九―一九三九)　小説家、歌人。東京生れ。漫画家岡本一平と結婚、長男岡本太郎。歌集に『かろきねたみ』『愛のなやみ』、小説に『鶴は病みき』『生々流転』『老妓抄』など。耽美主義的、浪漫主義的作風で独往。9、39、114

小野老(生年不詳―七三七)　万葉時代の歌人。大宰府の官人で、大伴旅人の配下。『万葉集』に短歌三首。16

か　行

春日井建(一九三八―二〇〇四)　歌人。愛知県生れ。南山大学英文科中退。父春日井瀇(こう)主宰「短歌」、角川書店刊「短歌」に初期作品を発表。塚本邦雄、岡井隆、寺山修司らと「極」創刊。

歌集『未青年』『行け帰ることなく』『水の蔵』『白雨』など。100

片山広子(一八七八―一九五七)　歌人、翻訳家。東京生れ。東洋英和女学校卒。佐佐木信綱に師事。歌集『翡翠』など。鈴木大拙夫人ビアトリスの指導を受け、アイルランド文学の翻訳に専念(筆名松村みね子)。随筆集『燈火節』など。堀辰雄の『聖家族』『楡の家』のモデル。133

加藤楸邨(一九〇五―九三)　俳人。水原秋桜子に師事。昭和一五年、「寒雷」を創刊、主宰。人間探求派とよばれ、中村草田男、石田波郷らとともに現代俳句に新領域を切り拓いた。『寒雷』『野哭』『吹越』他。78

川田　順(一八八二―一九六六)　歌人。東京・浅草生れ。東大法学部卒業後、実業家としても活躍。佐佐木信綱門下。当初浪漫的であったが、窪田空穂などの影響を受けて写実的作風に転じ、大正、昭和歌壇に重きをなした。『伎藝天』『山海経』など。79、122

徽安門院(一三一八―五八)　南北朝時代の歌人。花園天皇皇女、寿子内親王。母は入道大納言正親町実明の女宣光門院。光厳院后妃。後期京極派歌壇の中心人物の一人で、前期における永福門院の位置に匹敵する。『風雅集』以下に三三首。29

北原白秋（一八八五―一九四二）　詩人、歌人。福岡県柳川生れ。詩集『邪宗門』『思ひ出』で若くして明治末、大正初期詩壇の第一人者となる。異国情調と耽美趣味に彩られた作風から、詩集『水墨集』、歌集『白南風（しらはえ）』『黒檜』などの東洋的枯淡に至る。童謡、民謡にも卓越。18、50、51、52、55、67、77、96、98、115、130、135、152、155

紀貫之（八七二？―九四五）　平安朝和歌ルネサンスの代表歌人。歌合や屛風歌など晴の舞台で活躍したが、官位は従五位上木工権頭（もくごんのかみ）にとどまった。『古今集』仮名序は、日本文学における実質的には最初の作家論、歌論として大きな影響力をもった。『土佐日記』など。10、13、97、119、134

木下利玄（一八八六―一九二五）　歌人。岡山県生れ。佐佐木信綱門。学習院で同級の志賀直哉、武者小路実篤らと「白樺」を創刊。感覚的な作風を経て写実的な傾向へと移った。口語の用法に独特なものがある。歌集『銀』『紅玉』『一路』など。4、66、116、131

京極為兼（一二五四―一三三二）　鎌倉後期の歌人。藤原為兼。定家の曽孫。伏見院の院宣により『玉葉集』の撰者となる。万葉への回帰を唱えて歌壇に新風をよんだが、政治上の原因で佐渡、

厳天皇(当時上皇)の親撰であることが、研究で明らかとなった。集成立後、南北朝争乱のため各地を転々とした。45

小島ゆかり(一九五六—) 歌人。愛知県生れ。早稲田大学卒。「コスモス」編集委員。歌集『ヘブライ暦』『獅子座流星群』『希望』など。122

後鳥羽院(一一八〇—一二三九) 第八二代天皇。譲位後、北条氏と武力で戦い、たちまち敗れて隠岐に配流(承久の変)。同地で崩御。鎌倉時代前期の代表的歌人で『新古今集』成立の中心だった。在島一八年間に『隠岐本新古今和歌集』『後鳥羽院御口伝』などを残した。9、70、76、78

小中英之(一九三七—二〇〇一) 歌人。京都生れ。「短歌人」同人。「騎の会」創立メンバー。歌集『わがからんどりえ』『夕雲』『翼鏡』。28

さ 行

西 行(一一一八—九〇) 西行法師。俗名佐藤義清。鳥羽院の北面の武士であったが、二三歳の時、突然妻子を捨てて出家。以後没年まで旅に明け、旅に暮れる生涯を送った。『千載集』以下の勅撰集に二五十余首。家集に『山家集』。3、8、21、35、39、46、63、89、92、101、105、108、109、112、137

斎藤　史(一九〇九―二〇〇二)　歌人。東京生れ。父の陸軍少将斎藤瀏の所属する「心の花」に歌を発表。重苦しい時代を見据えながら、浪漫的作風を完成させた。「原型」主宰。歌集『魚歌』『密閉部落』『ひたくれなゐ』など。24、31、73、120、146

斎藤茂吉(一八八二―一九五三)　歌人。山形県生れ。伊藤左千夫に師事。精神科医を業とするかたわら、同輩の島木赤彦没後の「アララギ」を率いて精力的な活動を続けた。烈しい生命感を漲らせた処女歌集『赤光』は歌壇内外に広く迎えられた。歌集はほかに『あらたま』『白き山』など多数。13、33、41、54、55、58、65、69、127、128、143、148、154

坂田泡光(一九一七―　)　歌人。神奈川県生れ。「短歌人」同人。ハンセン病のため両眼を失った。歌集『盲杖』。20

坂門人足(生没年・伝不詳)　万葉歌人。『万葉集』に一首選ばれた歌は、大宝元年(七〇一)九月に、太上天皇(持統)が紀伊国に行幸、それに供奉した折の歌。11

坂本龍馬(一八三五―六七)　幕末の志士。土佐藩の郷士の子。江戸に遊学、勝海舟に私淑して、航海術を修業。薩長和解を策し、同連合を成功させる。大政奉還の実現に尽力したが、暗殺された。17

相良　宏(一九二五―五五)　歌人。東京生れ。「未来」創刊に参加。肺結核のため療養生活を送り、三〇歳で没。遺歌集『相良宏歌集』。44、75

佐佐木信綱(一八七二―一九六三)　歌人、歌学者。三重県生れ。東京帝国大学古典講習科卒。父弘綱(歌人、歌学者)没後、あとをうけて「竹柏会」を主宰、「心の華」(のち「心の花」)を刊行。歌集『思草』など。歌学史、和歌史の研究家として多大の業績をあげた。98、106

薩摩守平忠度(一一四四―八四)　平安末期の武将。平忠盛の子。清盛の弟。正四位下薩摩守。一谷の戦に敗死。『平家物語』、謡曲「忠度」などに、歌人としての逸話を残す。8

佐藤佐太郎(一九〇九―八七)　歌人。宮城県生れ。岩波書店に昭和二〇年まで勤務。「アララ

柊二に師事。「コスモス」創刊に参加。「青藍」創刊編集(二〇〇一年終刊)。歌集『渚の日日』『東国黄昏』『草木國土』など。83

釈 迢空(一八八七―一九五三) 歌人、詩人、国文学者、民俗学者。本名折口信夫。大阪生れ。歌集『海やまのあひだ』、詩集『古代感愛集』、小説『死者の書』など。民俗学の視点を国文学に導入、古代研究の領域で革新的な影響を与えた。47、132

寂 蓮(一一三九?―一二〇二) 寂蓮法師。俊成の甥で、幼時俊成の養子となったが、後に出家。諸国を巡り歩いたが、中央歌壇でも活躍。艶と寂寥をあわせもつ巧緻な作風。『寂蓮法師集』がある。『新古今集』撰者の一人。4、89

正 徹(一三八一―一四五九) 室町前期、冷泉派の歌人。備中小田庄の小松康清の子。今川了俊に入門。定家を崇拝、旧来の歌壇に対立する。門弟に心敬、宗砌(そうぜい)らが出て、のち大いに連歌を興す。家集『草根集』(一条兼良序)、歌論『正徹物語』。17、71、139

舒明天皇(五九三―六四一) 第三四代天皇。田村皇子。推古天皇の崩御後、蘇我蝦夷に推され皇位につく。都は飛鳥岡本宮。妃はのちの皇極(斉明)天皇で、天智・天武両天皇を生んだ。遺

た行

な　行

癌と乳癌に冒され、乳房切除。歌集『乳房喪失』、没後『花の原型』。33、132、142

長塚 節(一八七九—一九一五) 歌人、小説家。茨城県の旧家に地主の長男として生れた。正岡子規に入門。写生の歌に独自の境をひらく。「鍼の如く」と題する大作二三一首は有名。農民の世界を描いた長篇小説『土』がある。喉頭結核のため三六歳で没。59、80

二条のきさき(生没年不詳) 藤原長良(ながよし)の女(むすめ)高子(たかいこ)。清和天皇の女御となり、陽成天皇の生母となった。『伊勢物語』中に、入内前の高子と在原業平の悲劇に終った情事に取材したらしい悲恋物語がある。6

能因法師(九八八—一〇五八?) 平安中期の歌人。橘諸兄の後裔にあたる。三〇歳ころ出家。自然、人事を純粋に歌いあげ、旅の歌人として知られるが、歌学者としての業績も大きい。著書に『玄々集』『能因歌枕』。2

は 行

花園院(一二九七—一三四八) 第九五代の天皇。鎌倉後期の歌人。和漢の学に通じ、仏教の素養も深い。和歌は京極為兼の歌風を重んじ、清新にして印象鮮明。『風雅集』和漢の序は天皇の作。自筆日記『花園院宸記』。140

馬場あき子(一九二八―) 歌人。東京生れ。昭和女子大学卒。「まひる野」を経て「かりん」創刊、主宰。歌集『桜花伝承』『葡萄唐草』『阿古父』『飛天の道』『九花』他、評論集『式子内親王』『鬼の研究』など。能楽に造詣が深い。68、120

伏見院(一二六五―一三一七) 第九二代の天皇。鎌倉後期の歌人。京極為兼を庇護し、彼に歌を学ぶ。『玉葉集』成立にあずかって力があった。勅撰集入集歌二九四首。名筆家でもある。中宮永福門院も当時有数の歌人。14、59、68、73

藤原家隆(一一五八―一二三七) 鎌倉前期の歌人。正二位権中納言藤原光隆の次男。母は太皇太后宮亮(すけ)藤原実兼の女(むすめ)。寂蓮の婿となり、藤原俊成に入門。『新古今集』撰者の一人。定家と並び称された大家だが、対照的な作風で叙景歌に秀でた。後鳥羽院の殊遇を受ける。36、94、141、148

藤原俊成(一一一四―一二〇四) 歌合の作者、判者として、平安末期歌壇最高の指導者的存在だった。「幽玄体」を追究、家集に『長秋詠藻』、歌論書に『古来風体抄』がある。『千載集』の撰者。藤原定家の父。10、20、46、104、115、126、129、145

藤原俊成女（生没年不詳）鎌倉前期の歌人。藤原俊成の養女だが、血筋からは孫になる。源通具に嫁して侍従具定らを生む。後鳥羽院に出仕。四二歳ころ出家。家集『俊成卿女集』その他に約七五〇首の歌が残る。149

藤原為兼 → 京極為兼

藤原定家（一一六二―一二四一）平安・鎌倉時代の歌人。俊成の子。『新古今集』撰者の一人。「有心体」を提唱、父俊成の「幽玄体」にさらに深化をはかり、象徴性の強い歌風をなした。磨きぬいた技巧は同時代に冠絶する。家集に『拾遺愚草』、歌論に『毎月抄』、日記『明月記』など。3、6、23、34、47、54、63、90、102、113

藤原敏行（生年不詳―九〇一頃）平安初期の歌人。父は陸奥出羽按察使（あぜち）藤原富士麿。母は紀名虎（きのなとら）の女（むすめ）。能書家としても知られる。「是貞親王家歌合」などに参加。86

藤原秀能（一一八四―一二四〇）　鎌倉時代の歌人。後鳥羽院北面の武士から検非違使尉（けびいしのじょう）となり、勲功があったが、承久の乱で敗退後、出家。『新古今集』以下に八〇首入集。家集『如願法師集』。34

藤原良経（一一六九―一二〇六）　鎌倉前期の歌人。摂政、九条兼実の子。名門に生れ、太政大臣にまで上った。藤原俊成、定家父子らの後援者的立場にあった。『新古今集』には、西行、慈円に次いで多数の歌が入集し、将来を嘱望されたが、三八歳で頓死。家集『秋篠月清集』。12、30、37、45、56、127、134

藤原因香（生没年不詳）　平安時代の歌人。藤原高藤の女（むすめ）、母は尼敬信。従五位下、従四位下掌侍（ないしのじょう）を経て典侍（ないしのすけ）に至った。『古今集』に四首入集。22

ま　行

前登志夫（一九二六―二〇〇八）　歌人。奈良県生れ。同志社大学中退。吉野の山中で林業を営む。安騎野志郎の筆名で詩集『宇宙駅』がある。前川佐美雄に師事した。「ヤママユ」創刊、主宰。歌集『子午線の繭』『縄文紀』『鳥獣蟲魚』『青童子』など。72、84

前川佐美雄(一九〇三―一九〇) 歌人。奈良県生れ。佐佐木信綱の門に入るが、歌風は幻想的ロマンティシズムの傾向を強く持ち、昭和一〇年代注目を浴びた。歌集に『植物祭』『大和』『白鳳』『積日』など。23、90、117、141、152

正岡子規(一八六七―一九〇二) 俳人、歌人。松山の生れ。肺患、脊椎カリエスの病床にあって俳句、短歌の革新運動を推進、「ホトトギス」を発行して後年の俳壇の主流を築き、また根岸派短歌の中心として、のちの「アララギ」の生みの親となる。歌集『竹の里歌』、随筆『病牀六尺』など。5、18、43、52、107

松平定信(一七五八―一八二九) 江戸後期の政治家、学者。徳川吉宗の孫。田安宗武の子。田沼意次没落の後、老中の職につき、いわゆる寛政の改革を行なう。『国本論』『政語』『物価論』の他、歌集『三草集』、随筆『花月草紙』などがある。64

三ケ島葭子(一八八六―一九二七) 歌人。埼玉県生れ。結核を病み、埼玉女子師範中退。新詩社で与謝野晶子に師事。のち「アララギ」「日光」に参加。病と不幸な結婚生活から内省的な歌が多い。歌集『吾木香(われもこう)』など。118

政卿集』。40、62、113

宮 柊二(一九一二—八六) 歌人。新潟県生れ。北原白秋の門に入り、「多磨」同人に加わる。のち「コスモス」創刊、主宰。孤独な人間存在を見据えるところに発想の根を置く。『群鶏』『小紺珠(しょうこんしゅ)』『多く夜の歌』『忘瓦亭の歌』他。151

明恵上人(一一七三—一二三二) 鎌倉時代の高僧。紀伊国の人。幼にして父母を失い、文覚上人に師事し、出家。苦行して密教、華厳を学ぶ。栂尾に高山寺を建立。華厳宗中興の祖と仰がれた。また栄西が宋より将来した茶樹を栽培、普及に貢献した。91

宗良親王(一三一一—八五?) 南北朝時代の歌人。後醍醐天皇の第八皇子。母は二条為世の女(むすめ)為子。尊澄法親王。兄護良親王とともに討幕の軍に参じ、建武中興を招来、のち還俗し、征東大将軍などの任を負い、四〇年近くを南朝方の将として中部地方経営にあたる。吉野に帰山後、南朝歌壇の指導者的役割をはたす。『新葉集』編纂。家集『李花集』。65

紫式部(九七八?—没年不詳) 平安中期の『源氏物語』の作者。藤原為時の女(むすめ)。山城守藤原宣孝の妻。大弐三位を生み、長保三年(一〇〇一)夫に死別後、一条天皇の中宮彰子に仕えた。他に

吏として宮廷に仕えていたらしく、行幸供奉の歌が多い。自然を詠んだ歌にすぐれ、整った清澄な調べで群を抜く。『万葉集』に長歌一三首、短歌三七首。153

湯原王（生没年・伝不詳）　万葉後期の歌人。志貴皇子の子。天智天皇の孫。光仁天皇の弟。『万葉集』に短歌一九首。112

横山未来子（一九七二―　）　歌人。東京生れ。「心の花」入会。佐佐木幸綱に師事。歌集『樹下のひとりの眠りのために』『水をひらく手』など。82

与謝野晶子（一八七八―一九四二）　歌人。堺市生れ。与謝野鉄幹の新詩社に入り、「明星」に短歌を発表、のち鉄幹と結婚。『みだれ髪』で女性としての自らの人間性を肯定し、高らかに詠いあげた。膨大な歌を詠み、歌論、社会評論、古典評釈、『源氏物語』の現代語訳、小説等にも著作多数。24、57、74、97

与謝野寛（鉄幹）（一八七三―一九三五）　詩人、歌人。京都生れ。落合直文（なおぶみ）門で大町桂月（おおまちけいげつ）らと「あさ香社」を結んで短歌革新運動の先頭に立つ。東京新詩社を創立、「明星」創刊。鳳晶子と結婚。明治三〇年代浪漫主義文芸の全盛時代をもたらした。『東西南北』はじめ歌集、詩集、訳

ら　行

寒山詩に親しみ、俗事にとらわれず淡々として気品高い歌境をひらいた。歌集は貞心編『蓮（はちす）の露』。38、87

わ　行

若山牧水（一八八五—一九二八）　歌人。宮崎県生れ。初期の恋愛歌で広く知られるが、旅と酒を生涯の友とし、揮毫旅行もしばしば行った。『海の声』『別離』など主要歌集一五冊。牧水調といわれる愛唱歌では他の追随を許さない。15、27、36、40、71、81、94、108、121

大岡　信(1931—2017)

詩人．著書に『折々のうた』(正・続・第三〜第十，新1〜新9)，『詩への架橋』『抽象絵画への招待』『連詩の愉しみ』(以上，岩波新書)，『自選 大岡信詩集』『うたげと孤心』『日本の詩歌』(以上，岩波文庫)，『詩人・菅原道真』(岩波現代文庫)，『紀貫之』(ちくま学芸文庫)，『大岡信全詩集』(思潮社)，『日本の古典詩歌』(全5巻，別巻1，岩波書店)など多数ある．

水原紫苑

1959年生まれ．歌人．春日井建に師事．『びあんか』で現代歌人協会賞，『客人(まらうど)』で駿河梅花文学賞，『くわんおん(観音)』で河野愛子賞，『あかるたへ』で山本健吉賞・若山牧水賞，『えぴすとれー』で紫式部文学賞をそれぞれ受賞．ほかに『びあんか・うたうら決定版』『桜は本当に美しいのか』などがある．

大岡信『折々のうた』選
短歌(一)

岩波新書(新赤版)1813

2020年2月20日　第1刷発行

編　者　水原紫苑(みずはらしおん)

発行者　岡本　厚

発行所　株式会社 岩波書店
〒101-8002 東京都千代田区一ツ橋2-5-5
案内 03-5210-4000　営業部 03-5210-4111
https://www.iwanami.co.jp/

新書編集部 03-5210-4054
http://www.iwanamishinsho.com/

印刷・精興社　カバー・半七印刷　製本・中永製本

ISBN 978-4-00-431813-2　Printed in Japan

岩波新書新赤版一〇〇〇点に際して

ひとつの時代が終わったと言われて久しい。だが、その先にいかなる時代を展望するのか、私たちはその輪郭すら描きえていない。二〇世紀から持ち越した課題の多くは、未だ解決の緒を見つけることのできないままであり、二一世紀が新たに招きよせた問題も少なくない。グローバル資本主義の浸透、憎悪の連鎖、暴力の応酬——世界は混沌として深い不安の只中にある。

現代社会においては変化が常態となり、速さと新しさに絶対的な価値が与えられた。消費社会の深化と情報技術の革命は、種々の境界を無くし、人々の生活やコミュニケーションの様式を根底から変容させてきた。ライフスタイルは多様化し、一面では個人の生き方をそれぞれが選びとる時代が始まっている。同時に、新たな格差が生まれ、様々な次元での亀裂や分断が深まっている。社会や歴史に対する意識が揺らぎ、普遍的な理念に対する根本的な懐疑や、現実を変えることへの無力感がひそかに根を張りつつある。そして生きることに誰もが困難を覚える時代が到来している。

しかし、日常生活のそれぞれの場で、自由と民主主義を獲得し実践することを通じて、私たち自身がそうした閉塞を乗り超え、希望の時代の幕開けを告げてゆくことは不可能ではあるまい。そのために、いま求められていること——それは、個と個の間で開かれた対話を積み重ねながら、人間らしく生きることの条件について一人ひとりが粘り強く思考することではないか。その営みの糧となるものが、教養に外ならないと私たちは考える。歴史とは何か、よく生きるとはいかなることか、世界そして人間はどこへ向かうべきなのか——こうした根源的な問いとの格闘が、文化と知の厚みを作り出し、個人と社会を支える基盤としての教養となった。まさにそのような教養への道案内こそ、岩波新書が創刊以来、追求してきたことである。

岩波新書は、日中戦争下の一九三八年一一月に赤版として創刊された。創刊の辞は、道義の精神に則らない日本の行動を憂慮し、批判的精神と良心的行動の欠如を戒めつつ、現代人の現代的教養を刊行の目的とする、と謳っている。以後、青版、黄版、新赤版と装いを改めながら、合計二五〇〇点余りを世に問うてきた。そして、いままた新赤版が一〇〇〇点を迎えたのを機に、人間の理性と良心への信頼を再確認し、それに裏打ちされた文化を培っていく決意を込めて、新しい装丁のもとに再出発したいと思う。一冊一冊から吹き出す新風が一人でも多くの読者の許に届くこと、そして希望ある時代への想像力を豊かにかき立てることを切に願う。

（二〇〇六年四月）

岩波新書より

続 羊の歌 わが回想	加藤周一
羊の歌 わが回想	加藤周一
知的生産の技術	梅棹忠夫
論文の書き方	清水幾太郎
本の中の世界	湯川秀樹
私の読書法	大内兵衛 茅誠司 他
一日一言 人類の知恵	桑原武夫編
モゴール族探検記	梅棹忠夫
インドで考えたこと	堀田善衞
ヒロシマ・ノート	大江健三郎
追われゆく坑夫たち	上野英信
抵抗の文学	加藤周一

(2018.11)

岩波新書より

(2018. 11)　(J2)

岩波新書/最新刊から

1817 **リベラル・デモクラシーの現在**
—「ネオリベラル」と「イリベラル」のはざまで—
樋口陽一 著
戦後西側諸国の共通基準であったリベラル・デモクラシーが世界的な危機に直面するなか、座標軸をどこに求めたらよいのか考える。

1818 **レバノンから来た能楽師の妻**
梅若マドレーヌ 著
竹内要江 訳
内戦を逃れ来日した女子高校生が伝統芸能の世界に入ることに。能を世界に発信し、子育てや介護に奔走する人生の賛歌を綴る。

1819 **水墨画入門**
島尾新 著
果てしなく豊かで、愉しい水墨の世界。東アジアの筆墨文化に広く目くばりしながら、その歴史・思想・作品・技法を縦横に読み解く。

1820 **『広辞苑』をよむ**
今野真二 著
引くだけではなく考える。それが辞書を「よむ」ということだ。日本語学者がいざなう『広辞苑』の世界。いざ、ことばの小宇宙へ。

1805 **江南の発展** 南宋まで
シリーズ 中国の歴史②
丸橋充拓 著
長江流域に諸文化が展開する先秦から、モンゴルによる大統一を迎える南宋末まで——栄えゆく「海の中国」をダイナミックに描く。

1821 **日本思想史**
末木文美士 著
日本で生みだされた思想の膨大な集積に、〈王権〉と〈神仏〉の二極構造を見出し、その軌跡を大胆に描き出す。未来のための通史。

1822 **新実存主義**
マルクス・ガブリエル 著
廣瀬覚 訳
心と脳はなぜ「サイクリングと自転車」の関係に似ているのか。気鋭の哲学者が実存主義と心の哲学をつなげ提示する新たな存在論。

1823 **アクティブ・ラーニングとは何か**
渡部淳 著
新学習指導要領のもと本格始動する「学び方改革」の目玉は、教育に何をもたらすか。「学びの演出家」の第一人者が実践的に解説。

(2020.2)